中谷順子 著

房総を描いた作家たち 6

曲亭馬琴「南総里見八犬伝」

暁印書館

房総を描いた作家たち ⑥

曲亭馬琴「南総里見八犬伝」

中谷順子

房総を描いた作家たち ⑥

曲亭馬琴「南総里見八犬伝」●目次

【注】文中、一部表記に現代仮名遣い、現代字表記を用いています。

安房里見・野島崎に上陸

江戸時代後期の文豪・曲亭馬琴《きょくていばきん》（滝沢馬琴）が執筆した『南総里見八犬伝』は、結城合戦（永享十二年、1440年）に破れた里見家基（物語では季基《すえもと》）の嫡子・里見義実《よしざね》が再起を託され落ちる場面から始まります。

『八犬伝』では落ちのびるよう諭されるものの、後ろ髪を引かれる思いで老臣と落ちていく義実の心情が語られています。この場面は、『太平記』の楠木正成《まさしげ》と正行《まさつら》の別れの場面を読者に思い起こさせ、効果を倍増する方法がとられています。

義実はまず相模に逃れ、そこから舟で、安房の野島崎から上陸したと伝えられています。上陸した義実は白浜を拠

野島崎灯台前に建つ、安房里見氏の祖・里見義実の上陸の石碑。

鎌倉—室町時代の安房国

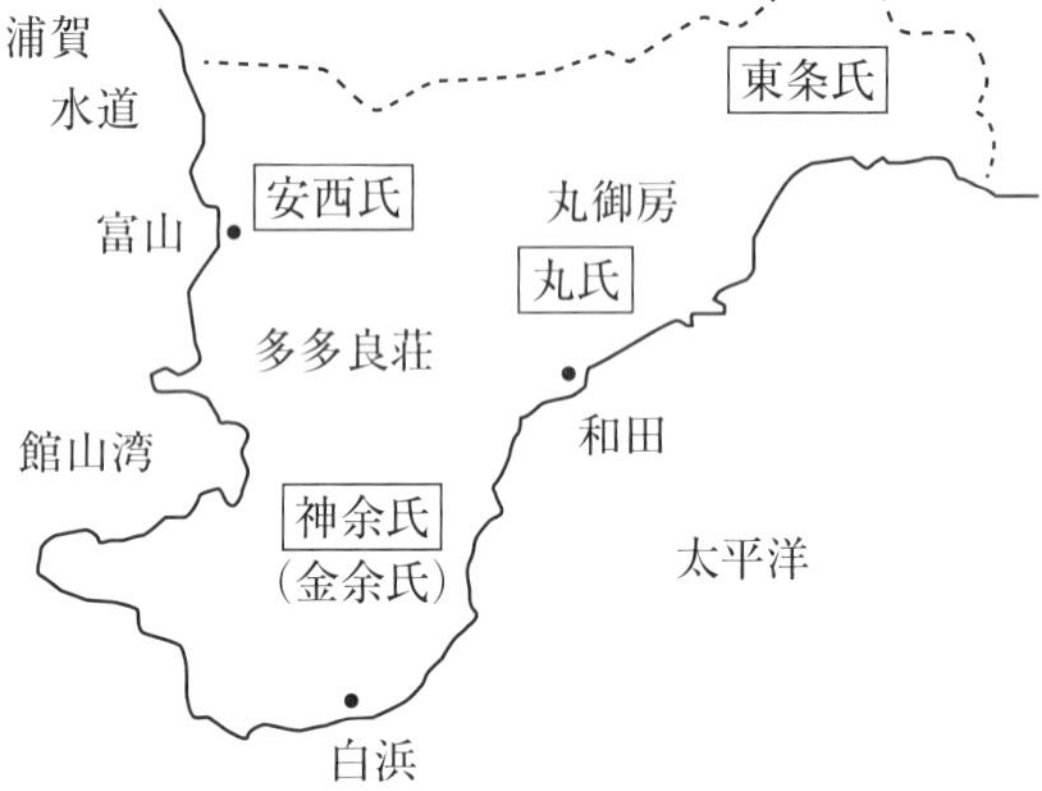

安房国の鎌倉時代から室町時代前期にかけての勢力分布図。
安房里見氏祖・義実が安房に上陸したとき安西氏、神余氏、丸氏、東条氏の四氏が勢力を誇っていた。

点に次第に力を広げ、安房に勢力をもつ安西氏を破って安房を手中におさめ、以後、百七十年に及ぶ安房里見氏の基礎を築き上げました。現在、野島崎の灯台近くに、安房里見の祖・里見義実の上陸地の石碑が建っています。

義実が上陸したときの安房の勢力は、富山町付近には安西氏が、館山から白浜には神余氏《かなまりし》（金余氏）が、源頼朝と関係が深い和田の丸御厨には丸氏が、鴨川から北に東条氏がそれぞれ権力を誇っていました。

史実では神余の家臣・山下定兼《さだかね》が主君を殺し領地を奪う事件が起こります。その騒動に便乗し、安西・丸の両氏は結託して神余の領地を奪い、所領分配で採めたことから安西が丸を滅ぼし、安西が勢力を奮っていきます。義実が上陸した時はこのような騒然とした時代でした。

『八犬伝』では神余氏は神余もしくは金余《かなまり》の名で描かれ（のちに八犬士はそろって金余家を再建する）、城主・神余光弘の側室・玉梓《たまづさ》（架空の化け物）と神余の家老である山下定包《さだかね》（物語では『包』を用いている）が結託して策を講じ、城主・神余を尊敬している農民に神余を闇うちにさせます。

義実がどのようにして勢力を伸ばしたかは明らかになっていませんが、物語では安房に上陸した義実は安西を訪ねる話となっていますが、史実にのっとって安西と丸が仲良くしている様子が描かれています。義実は身を乞食にやつした神余の一族の金碗八郎孝吉《かなまりはちろうたかよし》（架空の人物）と出会い、義実と孝吉は協力して山下・玉梓を滅ぼす話として進行します。

その時、日蓮宗の衆徒が義実に協力する話となっていますが、これは日蓮の生まれた誕生寺が安房にあること、後の里見氏と日蓮宗の関係などから物語にとり入れられたのでしょう。又日蓮が広めた法華経は、伏姫の信仰する重要な経典として用いられています。

物語の発端・結城合戦とは

『南総里見八犬伝』の発端に描かれている結城合戦（1440年）とはどのような戦だったのでしょうか。

永享《えいきょう》の乱（1439年）からお話しするにあたり、室町幕府職制を述べておきましょう。将軍の下は中央と地方に別れ、中央に管領《かんれい》（将軍補佐）、その下には侍所、政所、問注所、評定衆。地方に鎌倉府、奥州・羽州・九州探題《たんだい》、守護・地頭が置かれました。

なかでも鎌倉府は関東を治める最重要拠点で長官は鎌倉公方（鎌倉将軍）と呼ばれ、補佐役が関東管領（物語では略して管領、中央の管領と間違えやすい）ですが、中央と結びつき鎌倉公方を見張るために付けられている、いわば「付け家老」の役目をしている役職です。

関東管領を占めていたのが犬懸《いぬかけ》、山内、宅間、扇谷《おうぎがやつ》の上杉四家で、犬懸は1416年に起こった上杉禅秀の乱（禅秀が四代将軍・義持の弟の義嗣と結託して、起こした乱）により衰退。代わって山内上杉家が筆頭の勢力を握り、扇谷上杉家は山内上杉家の補佐役として勢いを増していき

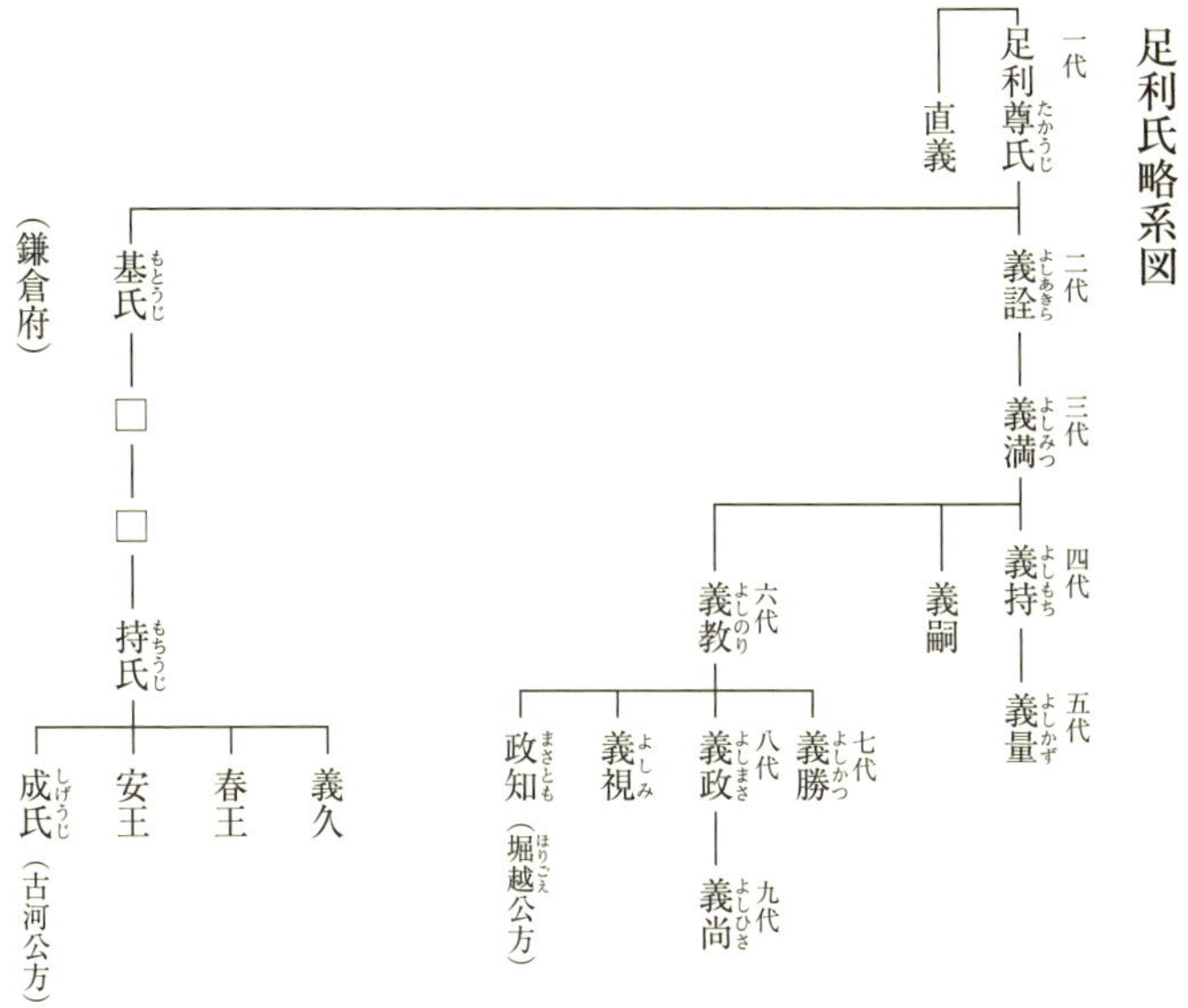

室町時代の足利氏略系図
足利六代義教将軍の時代に、鎌倉公方・足利持氏は永享の乱に破れ、持氏と義久は自害に追い込まれ、結城合戦で春王、安王も殺害された。

ます。

足利四代将軍・義持《よしもち》に将軍職を譲られた義量《よしかず》は19歳で病死。岩清水八幡宮でくじを引いて将軍職を射止めた六代将軍義教《よしのり》は政治力強化のため、関東管領に山内上杉憲実《のりざね》を任じ、自分の子を鎌倉公方に就かせようとします。鎌倉公方・足利持氏《もちうじ》は義教に逆らったため、持氏討伐の命令が下され、持氏と嫡男・義久《よしひさ》が自害に追い込まれます（永享の乱・1439年）。

持氏には他に二男・春王、三男・安王、四男（幼児、のちの成氏）がいましたが、春王、安王は結城氏朝《うじとも》を頼って結城城（茨城県）に入り、氏朝は遺子を奉じて1440年に挙兵。これが結城合戦です。このとき持氏の遺臣たち（木戸氏、一色氏、桃井氏など）の他、関東一帯の士族たちが次々と氏朝に味方していきます。上野国の里見氏もいました、宇都宮氏、小山氏、佐竹氏のように一族が分裂して戦った氏族もいます。

一方、討伐のために立ち向かうのが、憲実、憲実の弟の山内上杉清方《きよかた》、扇谷上杉持朝《もちとも》、犬懸上杉持房、越後の長尾氏、室町幕府の命令を受けた今川氏、小笠原氏などです。結果は室町幕府軍の勝利におわり、再起を託されて里見義実（安房里見の祖となる）は落ちのび、春王、安王は長尾氏（山内上杉家の家宰）に首をはねられます。こうして結城合戦が終結しますが、義教はその強引な政治を恐れた赤松氏によって暗殺されるのです。

『八犬伝』には、結城合戦の戦士者たちの法要が大きく描かれています。その理由は合戦が八犬士登場の発端だからなのです。

空前の人気・『八犬伝』

『南総里見八犬伝』は曲亭馬琴〔本名・滝沢興邦《おきくに》（1767年~1848年）〕が文化十一年（1814年）48歳から書き起し天保十三年（1842年）75歳に完結するまで、実に28年間もの長きに渡り書き継がれました。江戸で発売されるやベストセラーとなり、京・大坂（大阪）でも評判を呼び、歌舞伎に上演され、空前の人気を博し、錦絵・凧・羽子板にも描かれました。

筆名には曲亭馬琴の他にも「著作堂主人」「笠翁《りつおう》」なども用いています。すでに読本『椿

『南総里見八犬伝』「回外剰筆」の口絵（木版画、岩波文庫）に描かれている曲亭（滝沢）馬琴。

説弓張月』（絵師の一人に葛飾北斎を用いている）の好評で、原稿料だけで生計をたてる日本最初の著作家の地位を築きあげていました。『八犬伝』は彼の集大成です。

当時は「読本《よみほん》」といわれる木版印刷で、まず一冊が出版され評判がよいと続冊を出す方法ですから、28年書き継がれ全98巻、１０６冊に及んだことは、人気が長期に渡り喝采で迎えられたことがわかります。その間に版元も山青堂、涌泉堂、文渓堂と3回変わり、挿絵も柳川重信、渓斎英泉、柳川重宣、二世柳川重信、歌川貞秀と五人の絵師が描いています。また馬琴も後半には目を患い、息子の嫁・お路が口述筆記者として支えました。

怪奇悪霊が出現し、妖術が飛び交うなど奇想天外、壮大なスケールであるため、空想・ＳＦ物語と思われがちですが意外にも緻密な歴史研究に基づいています。

物語の時代は室町時代。政権を握っていたのは足利六代将軍義教《よしのり》で、鎌倉公方・持氏《もちうじ》の治める関東を意のままにしようしたことから永享の乱や結城合戦が起こっています。七代足利将軍義勝・八代義政時代には、関東は古河公方（鎌倉公方）と室町幕府から送りこまれた堀越公方とが対立する激動時代へと突入し、多くの関東武士たちの悲運が生まれています。

一方、安房に渡った里見義実は安西氏を破り、二代成義（物語では義成）、三代義通と領地を拡大していきます。当時馬琴ほど、この時代を勉強した者はなかったでしょう。しかも馬琴の生きた時代は現在のような歴史学は確立されていなかったことを考慮すれば苦労のほどがしのばれます。

江戸時代に人気を博した『太平記』は、今日から見れば説話や俗説を含んだ楽しい読み物にすぎません。しかし当時は史実として民衆に信じられていました。つまり説話も伝説も俗説も立派な歴史だったのです。

関東激動の史実の研究に加え、『房総志料』（著・中村国香）に多くの安房の地名を学んだ馬琴は安房の伝説や説話を『八犬伝』にふんだんに取り入れています。

中国説話などを用いる

『南総里見八犬伝』は、安房里見の祖・里見義実、二代成義《なりよし》（物語では義成《よしなり》）三代義通《よしみち》、（四代義豊の誕生までを描く）に焦点をあて、『太平記』以後の関東地方を描く物語です。

『太平記』は元寇との戦いで衰退した北条高時の失脚から起稿され、足利尊氏、新田義貞、楠木正成の活躍。天皇派の楠木・新田と足利尊氏との争いの後、後醍醐天皇の建武新政があり、朝廷は南北朝に分かれ室町幕府が誕生します。二代足利将軍義詮《よしあきら》、三代足利将軍義満《よしみつ》へと移り、義満による南北朝合一がなされ、安定した時代を迎えるまでが、説話や俗説を用い、いろいろな視点から描かれます。

江戸時代に大ブームとなり、軍記ものとして武士にも町人にも親しまれ、歌舞伎にもなりました。

『八犬伝』でも、下野国赤岩村の郷士の子として登場する八犬士の一人、犬村大角礼儀《だいかくまさのり》（礼の玉を持つ）が文中、『太平記』を読んでいる場面があります。

さらに八犬士・犬江親兵衛仁《しんべえまさし》（仁の玉を持つ）が京に上り、管領の細河（細川氏がモデル）屋敷に幽閉されたとき、親兵衛の安否を探りに餅売りに身をやつした直塚紀二六《ひたつかきじろく》が、細河屋敷に入り込み、屋敷の者と懇意になって内部の様子を探ろうと『太平記』を語る場面があります（第九輯巻之二十四）。紀二六の語る『太平記』が上手いので親兵衛の耳に入り、紀二六は難なく饅頭の中へ密書を込めて親兵衛に渡すことに成功します。

このように『太平記』が用いられていることからもわかるように、馬琴の愛読書であり、馬琴は『太平記』のように大衆に愛される物語をめざしたと見てよいでしょう。

『南総里見八犬伝』には中国の説話や歴史書の影響も知られています。各地から江戸へとやってきた町民は知識欲が盛んで、津々浦々の珍しい事柄や外国の話まで知りたがりました。

猛犬・八房に従う伏姫の話には中国の『捜神記《そうしんき》』などに書かれている「槃瓠説話《はんこ》」が用いられていますが、物語中で馬琴が『捜神記』を披露して種明かしをし、犬と姫との婚姻話が全くの空想ではないと示しているのも面白いところです。

八犬士の活躍には、百八人の豪傑を描いた『水滸伝《すいこでん》』の影響が知られ、他にも最終決戦で、、大《ちゅだい》（犬の字を二つに分けている）和尚が川の流行徳にて藁人形を用い敵の矢をとる展開や、これを逆流させる展開などには、『三国志《さんごくし》』の諸葛孔明《しょかつこうめい》の戦略がとり入れられています。

なぜ里見氏を描いたのか

安房里見氏の祖・里見義実《よしざね》が、相模から野島崎に上陸するとき、「白竜が天に昇るのを見た」という伝説があります。義実の安房での吉兆を示す話です。馬琴は『房総志料』や『安房郡志』に学び、多くの安房の伝説を『八犬伝』に取り入れています。

馬琴はその場面を下絵に描き、柳川重信《やながわしげのぶ》に肇輯《じょうしゅう》の挿絵を描かせました。伝説では白竜ですが、丸々と太った鯉にまたがり、現代の劇画を思わせる構成で絵枠から突き出る勢いの義実が描かれています。鯉は「魚へんに里」。鯉は里見家の魚なのです。駄洒落好きな江戸っ子を喜ばせる工夫がされています。

では馬琴は、なぜ地方武士にすぎない安房里見氏を描いたのでしょうか。

江戸時代の人形浄瑠璃や歌舞伎では徳川幕府批判が取り入れられ、その面白さが人気を支えていました。しかし徳川批判をそのまま描いたのでは、責任者がとがめを受けることは必定。そのため戯作者たちは時代を、鎌倉時代や足利時代などの時代物として上演する手法を用いいま

里見義実が安房国上陸のとき、白龍が天に昇るのを見たという伝説に基づく『南総里見八犬伝』肇輯・巻之一の口絵（木版画、見開き、岩波文庫）。
鯉のまたがる里見義実（左）と金碗八郎孝吉（右）の首から長く垂れ下がる旗に⊖（中大黒）の里見氏の家紋が大きく描かれている。

した。

鎌倉・足利時代は将軍が政権を握った時代。徳川家康は初めは藤原氏や平氏を名乗りますが、のち源氏を名乗ります。鎌倉・足利将軍も同じく源氏将軍であることも類似しています。

『八犬伝』で登場する鎌倉公方は関東を納める将軍で足利将軍の親類です。

そして、足利尊氏に最後まで抵抗した人物・新田義貞は、鎌倉府を滅ぼした唯一の人物ですので、打倒・将軍となると必ず新田義貞の家紋が掲げられます。

お馴染みの吉良邸討ち入りを演劇にした『仮名手本忠臣蔵』でも、事件は江戸時代ですが演劇では足利時代と設定され、大星由良之介（大石内蔵之介の配役名）は義貞の兜を手に持って吉良邸に討ち入ります。打倒・徳川の物語なのです。

ここで鯉に乗る義実の挿絵の左側を見て下さい。乞食に身をやつした金碗八郎孝吉の首から長く垂れ下がっている旗に家紋が大きく描かれています。

この⊖（中大黒）の家紋は安房里見氏の家紋であるとともに新田氏の家紋でもあります。里見氏の本拠地は新田氏と同じ上野《こうづけ》国（群馬県）新田庄に近く、里見氏は新田氏の庶流。馬琴は義貞と同じ紋をもつ里見を登場させて、暗に『八犬伝』が徳川打倒の話であることをほのめかしています。幕府打倒といっても他意もなく、圧政に苦しむ町民たちのささやかな抵抗や憂さ晴らしであったと言えるでしょう。

『八犬伝』以前にも、歌舞伎で里見を登場させ、知れ渡った新田の家紋に変え、里見の紋を用いたものも現れています。尚⊜（二引両紋）も里見氏の家紋です。

怨霊の物語

『八犬伝』で、安房に渡った安房里見氏の祖・里見義実は、乞食に身をやつした神余氏一族の一人・金碗八郎孝吉《かなまりはちろうたかよし》と出会い、二人は協力して、城主・神余氏を殺してその領地をのっとった家老・山下を討伐し、神余の愛妾でありながらも山下に入れ知恵をした玉梓を捕まえる話へと進行していきます。

ところで玉梓《たまづさ》の名の由来ですが、狸を示す玉面《たまつら》をもじった命名で、暗に狸の化け物であることをほのめかしているのも面白いところ。

漢字の不思議が町民の興味の対象になっていた時代でした。江戸では寺子屋が盛んで町民も平仮名に加えて漢字を習いました。江戸時代は、海外でも類を見ないほど庶民が高い教養を身につけていた時代です。明治時代を迎えていち早く小学校制度を導入できたのも、寺子屋制度の教養に由来しています。

慈悲深い名君・義実は玉梓の命を助けると言ったものの、悪の根源が玉梓にあることを知る

『南総里見八犬伝』肇輯・巻之四の口絵（木版画、見開き、岩波文庫）。
玉梓の怨霊（左）、里見義実と金碗八郎孝吉（中）、里見の家来（右）、縁側の下に金碗大輔をおぶった老人。玉梓の怨霊の足もとの怪雲が、切腹する金碗八郎孝吉の腹に伸びている。

金碗孝吉に強く要望されて、殺害してしまいます。一度は助けると言った〔言葉の咎《とが》〕が玉梓を怒らし、怨霊となって、里見・金碗家の子孫に祟り、「畜生道に導いてこの世からの煩悩の犬」にしてくれると呪詛《じゅそ》し、孝吉を自害に追い込んでいきます。

　自害も怨霊のなせる業と考えているところにも、当時の思想が反映されています。その場面を描く木版挿絵をみて下さい。玉梓の怨霊は彫師や摺師の高度な技術で巧みに描かれていますが、その横には唐獅子牡丹の襖絵があります。唐獅子牡丹は、牡丹のあざを身につけて登場する男兄弟・八犬士の登場をほのめかしていると考えられます。

孝吉が自害するとき、老人におぶられて登場する男の子が孝吉の嫡男・金碗大輔《だいすけ》で、義実は大輔に自分の長女・伏姫（里見二代義成の姉との設定）を成長したあかつきには娶《めと》らせることを約束し、金碗（金余）家の存続を約束します。

のちに猛犬・八房と富山《とみさん》の洞窟にこもった伏姫を、大輔が助けようと富山に赴くのも、彼が許婚だからなのです。

幼子の大輔が登場する場面は、歌舞伎や文楽で有名な「源平布引滝《げんぺいぬのひきのたき》」の演目を意識しており、『南総里見八犬伝』にはこうした演劇の有名場面を数多くとり込み情感を高めています。

玉梓も、孝吉も、伏姫も、大輔も架空の人物であり、八房も架空ですが、そうした人物が物語に躍動感を与えています。玉梓の命を一旦は助けると約束した〔言葉の咎《とが》〕の災いが次の不幸な展開へ導かれていく話となっています。

洲崎神社と役行者

『八犬伝』の重要登場人物である里見義実の娘・伏姫《ふせひめ》は、義実が玉梓《たまづさ》の命を助けると約束しながらも殺してしまった〈言葉の咎《とが》〉の呪詛《じゅそ》をうけ、口が利けない状態で育っていきます。

その伏姫の守犬として飼われるのが八房《やつふさ》です。八房は八つのぶちがある犬で玉梓の怨霊に育てられ、犬掛の里で大きくなります。犬掛とは富山近くに実在する地〈南房総市犬掛〉で、里見氏の内乱・犬掛合戦〈四代義豊《よしとよ》と叔父義堯《よしたか》の戦い〉が行われた場所として知られ、馬琴はその土地名から思いついたのでしょう。八房は姫が成長するにつれ恋心をつのらせます、

『八犬伝』は、善悪混淆《こんこう》思想に貫かれている物語です。「禍福は縄をなうが如し」という言葉で馬琴はそれを示していますが、物事は善と悪に別れているのではなく、あたかも二本の縄紐をなうようにねじれ絡み合って進んでいくことを示します。八房は悪の化身でありながら、姫を守る善の心をもつ犬でもあり、善悪を体現している犬なのです。

幼い姫を心配し、伏姫の母が詣でる神社として館山の安房一の宮・洲崎《すのさき》神社が用いられてい

安房・洲崎神社の崖下、養老寺にある役行者が住んだと伝えられる洞窟。

ます（肇輯・巻之四第八回）。源頼朝が詣でたことで知られる神社で、隣の養老寺（頼朝にまつわる片葉のススキ伝説がある）に接した崖下には現在も、役行者《えんのぎょうじゃ》が住んだと伝えられる洞窟が存在し、磨耗した役行者の石像が安置されています。

役行者は役小角《えんのおづぬ》、加茂役君とも呼ばれ、七世紀に活躍した山岳呪術者で孔雀明王の秘術を修得。鬼神を駆使し空を飛ぶ術を得たと言われる人物。699年に讒訴《ざんそ》され伊豆に流されたと『続日本紀』は伝えています。

伊豆と洲崎は近いことから、役行者は海上を飛んできたという伝説があり、鏡が浦で木上に坐し笛をふいていた話、村娘の恋人を相模から運んだ話などが伝わっています。また千倉の小松寺は役行者の創建。

『八犬伝』では、牛に乗った笛吹き童子姿で役行者を登場させていますが、平群《へぐり》は平安時代から牧畜の盛んな地であり、徳川八代将軍・吉宗が白牛を印旛沼に放すなど、牛と千葉県との深い関係が知られています。役行者から「仁義礼智忠信孝悌」の八文字が浮かび上がる数珠を授かって伏姫は口が利けるようになり成長していきます。

やがて里見氏と安西氏の戦が始まり、苦戦していた里見義実は「敵の大将の首を取ってきた者には伏姫を与えん」と二つ目〔言葉の咎〕を発してしまうのです。この物語は、領主は約束を違えてはならぬと説く教訓の書でもあるのです。

尚、洲崎神社崖下の役行者石像は、鬼神を従え、犬をつれ、高下駄をはいた高さ一、五《メートル》ほどの坐像で、中村国香・著『房総志料』には「精工不凡、後世のものにはあらず」と書かれ、すでに磨耗していて、この地に古くから石像が置かれていたことを伝えている。

洲崎大明神縁起には、鏡池に住む大蛇が暴れ、村人を苦しめたため、役行者に頼み、七日七夜の祭りをして沈めたと記されている。神社の奥にある獨鈷水と呼ばれる泉は、役行者が獨鈷という金属製の仏具を用いて、呪術によって奔出させたと伝えられ、どんなに日照りの日が続いても涸れることがないという。

役行者の伝説話は『三宝絵詞』『今昔物語』『古今著聞集』などに収められている。

富山の洞窟と伏姫

『八犬伝』で里見義実は安西景連《かげつら》（史実では景春か。）との戦で窮地に陥り、つい「敵の大将の首を取ってきた者には伏姫を与えん」と言ってしまったことから、猛犬・八房が景連を襲い、首をくわえて戻ります。里見家の勝利を喜びながらも、約束をした義実は困り果てますが、「假令《たとひ》そのこと苟且《かりそめ》のおん戯《たはぶ》れにましますとも、一トたび約束し給ひては、出でてかへらず、馬も及ばす。…」で始まる伏姫説得の場面は、名文中の名文。

義実の約束には徳川家康の「千姫を助け出した者には姫を与える」の言葉が重ねられ、坂崎直盛への約束を反古にした家康批判がこめられているのです。

犬婿話は日本各地に伝わっていますが、馬琴は中国故事を書いた『捜神記』の「槃瓠《はんこ》説話」を披露し、この話が空想でないことを示します。（肇輯・巻之五第九回・口絵）実は「槃瓠」でも犬と姫がこもるのは南山で、江戸からみて南山の富山《とみさん》（現在富山町）にこもる設定も考えられているところです。

富山の北峰・岩井合戸にある洞窟。
伏姫と八房が隠れ住んだ場所のモデルとして用いられた。

「槃瓠説話」とは犬神一族の話であり、『八犬士』もまた犬神話であることは注意すべきでしょう。関東にユートピアを作り上げる八犬士は最後に子孫に地位を譲り、富山にこもります。子孫たちは里見家の内乱から逃れ安房から去っていく話となっています。犬神一族が一代限りの栄華を極めることを思えば、伝説に忠実に沿っているのです。

伏姫と八房のこもった洞窟が、富山の北峰の中腹の南房総市岩井合戸にあります。馬琴は中村国香著「房総志料《ぼうそうしりょう》」を読んで、この場面を描きました。

そして伏姫名ですが「伏」の漢字に「犬と寄り添う人」の意味が隠され、なんと伏姫の運命が予言されているではありませんか。

姫を救おうと山に入った許婚の金碗大輔孝徳は、川の対岸から（富山の洞窟前に川はない）鉄砲を撃ち、八房に命中。その流れ玉が伏姫にも当たります。

犬を射殺するのは徳川五代将軍綱吉の「生類憐令」批判です。綱吉は法令の継続を遺言して亡くなり、以後用いられなかったものの、庶民が恐れていたことは歌舞伎などで猟師出現演目の多いこと（例・『仮名手本忠臣蔵』早野勘平は猟師に身をやつす）でもわかります。殺生をする猟師を登場させて批判しているのです。

姫は八房の子を身ごもっていないことの証明のため腹を掻き切ると光が走り、八の玉が八方に飛んで八犬士が生まれるという筋書きは、皆様のよく知るところです。

大輔は、ゝ大《ちゅだい》和尚と名を変え八犬士を探しに旅立ちます。ゝ大とは「犬」の漢字を二つに分けたもの。伏姫が自害したのは長禄二年（１４５８年）秋と設定されています。

安房里見氏の城

安房に上陸した里見義実が、最初に拠った城として知られる白浜城（野島崎の北７００ｍ）は、当時はこの城近くまで海が寄せていて、太平洋海運の拠点だったと言われています。周辺に二代成義《なりよし》の墓があったと伝わる福寿院、伏姫のモデル・種姫が住んだ種林寺跡、城跡の東の白浜町白浜字若宮横手に杖珠院《じょうしゅいん》があります。

杖珠院（義実・成義・義通・義豊の墓がある）は義実の創建とされ、寺名は義実の法号「杖珠院殿建室興公居士」からとられたもの。

安房を平定した義実は鎌倉公方・足利成氏に仕え、結城氏、武田氏とともに関東管領・上杉氏を破り、成氏が古河公方となって一時千葉孝胤《のりたね》（上総千葉氏）の臼井城に逃れたとき、孝胤や武田氏らと協力し古河城を奪回します。

成義は物語では別名の義成《よしなり》を用い、伏姫は義成の姉として登場。成義は実在不明と言われ、姉に至っては全くの不明ですが、虚実皮膜を突いて馬琴の闊達な筆が加わっています。『八犬伝』

杖珠院にある里見義実の墓
（杖珠院には成義、義通、義豊の墓もある。）

には義実—義成—義通《よしみち》の活躍と、義通の弟・実尭《さねたか》（次郎として登場）そして義豊《よしとよ》誕生までが描かれています。

安房には古くから一色氏の城として滝田城（南房総市上滝田）が知られています。（一色氏は鎌倉公方・持氏の家来で、持氏の死後は里見に従った。義豊と義尭の戦いの時、義豊側につき義尭に滅ぼされた。）滝田城は『八犬伝』で安西氏と戦う義実の居城や隠居城として用いられ、八犬士たちが訪れる話となっています。

『八犬伝』で義通は、初めは幼名・太郎の名で登場し、蟇田素藤《ひきたもとふぢ》と牝貉《むじな》の妖婦・妙椿《みょうちん》（風の流れを替えることのできる『甕襲《みかそ》の玉』をもつ）に誘拐され、勝浦の北に位置していた館山城に幽閉され不幸な少年時代を送る話になっています。（第九輯・巻之五）しかし八犬士の最後の決戦では立派に成長、国府台での陸戦の総大将として活躍する人物として描かれています。

安房里見家の城として、館山市の館山城が有名ですが、ここに居城を移すのはもっと後の時代のこと。

義通は稲村城主（館山市稲・北に流れる滝川を自然の堀としていた）として知られる人物で、物語では義成の居城として八犬士たちは稲村城に集います。

また『八犬伝』の蟇田素藤と妙椿に関してですが、妙椿とは椿花を持って舞う八百比丘尼（若狭が発祥地）で、二人は椿木に囲まれた屋敷に逃げ込みます。ところで映画『椿三十郎』で家老が幽閉される屋敷が素藤家で、たくさんの椿が咲いていたのを思い出して下さい。『椿三十郎』は『八犬伝』を下敷きにした話なのです。

＊千葉孝胤＝のりたね・たかたね両方の呼名がある。

八犬士出現の背景

『八犬伝』で、自害した伏姫の腹から八方に光玉が宙を飛び、その玉に導かれた八犬士が登場しますが、伏姫が自害するのは長禄二年（1458年）秋としっかり明記されています。その頃の関東地方は、どのようになっていたのでしょうか。当時の歴史を認識しておくと、八犬士出現の理由が見えてきます。

室町六代将軍・足利義教《よしのり》が亡くなると、その子義勝《よしかつ》が七代に就任。結城合戦での、鎌倉公方・持氏《もちうじ》の幼い遺子、春王・安王を殺害した行き過ぎた制裁に反省した室町幕府は、春王・安王の弟でまだ幼い足利成氏《しげうじ》を鎌倉公方（鎌倉将軍）に就任させ、関東武士たちの不満を和らげようと努めます。

関東管領筆頭には同じく山内上杉氏が就任し、扇谷《おうぎがやつ》上杉氏はそれを補佐していきます。成氏は『八犬伝』では成氏《なりうじ》とルビ表記されていますが、これは馬琴が間違えてルビ表記したもので、物語後半に馬琴はその間違いに気づき訂正しています。

ところが、成氏は成長するにつれ、関東管領上杉氏に不満を感じ始め、享徳三年（１４５４年）、成氏が上杉憲実の子・憲忠《のりただ》を暗殺する事件が起こります。これが享徳《きょうとく》の乱の始まりです。山内上杉一門は報復にたちあがりますが返り討ちにあい、扇谷上杉家の当主・顕房《あきふさ》も討たれます。物語では成氏は有能な人物には描かれていませんが、史実では随分と戦の巧い人物なのです。

室町幕府は成氏の討伐をきめ、今川を向かわせ、鎌倉公方の館は焼き払われ、敗れた成氏は下総国古河城に拠り、上杉氏に反感を抱く関東の氏族を見方にして、享徳四年（１４５５年）に古河公方《こがくぼう》と称して、室町幕府に抵抗します。

『八犬伝』で、古河《こが》は「許我《こが》」と表記されています。成氏を支えた有力武将が里見義実と千葉氏の当主を名のる千葉孝胤《のりたね》です。

室町幕府は古河公方に対抗し、長禄二年（１４５８年）に伊豆の堀越に足利七代将軍義勝の弟政知《まさとも》を送りこみ、堀越公方と呼ばれ、以後28年間、関東は旧利根川を境として東側は古河公方支配、西側は堀越《ほりごえ》公方・上杉支配の時代を迎えます。扇谷上杉家の家宰・太田道灌が活躍するのもこの時代です。

ここで伏姫が自害した年を思い出して下さい。１４５８年でした。その年が堀越公方の赴任と重なっていることに気づきます。里見氏は成氏の父・持氏に味方した氏族で、伏姫の自害により八犬士が誕生するのですから、八犬士の出現は、幕府に不満をもつ関東武士団たちの代表として、堀越公方の権力の拡大をけん制して誕生してくることがわかります。

余談ですが、実は上田秋成『雨月物語』第三話「浅茅が宿」にも、成氏が古河公方となる「享徳《きょうとく》四年」がとりあげられています。「浅茅が宿」は、葛飾（市川）真間の農民・勝四郎が家業をおろそかにして貧乏となり、商人として一旗挙げようと友人と京へ旅立ち、妻は夫が秋には帰るとの約束を守って一人待つものの、関東が戦場となり、夫は盗賊にあったり熱病に罹ったりして七年の歳月が流れ、戻ったときには妻は亡霊となって夫を出迎える話です。勝四郎が真間を立つ年が「享徳四年」と明記されています。

さらに享徳の乱に伴い下総で起こった千葉氏の内紛を治めるため、1455年に足利八代将軍義政の命により、美濃篠脇城主下野守・東常縁《とうつねより》（源頼朝を支えた千葉介常胤の後裔。歌人として名高い）が、武蔵千葉氏の実胤・自胤兄弟を支援し、馬加康胤・原胤房と戦い、関東を転戦した歴史も挿入されています。大坂（大阪）にいた秋成が『雨月物語』を刊行するのが1776年、馬琴が『南総里見八犬伝』を書き出すのが1814年。その頃の関東の歴史が大坂・江戸の庶民にまで興味を持たれていたことを物語っています。

妖刀村雨と芳流閣の戦い

八犬士の最初に登場するのは犬塚信乃戌孝《しのもりたか》（孝の玉を持つ）です。（信乃のルビに「信乃《しなの》」「信乃《しの》」の両方あり。）女子の衣装で育てられ与四郎という犬に乗って登場。伏姫と八房のミニチュア版です。奴婢として育った・額蔵（犬川荘助義任《そうすけよしとう》（義の玉を持つ））と親しく育ちます。（第二輯・巻之四・第十七回）

信乃の父大塚番作は鎌倉公方・持氏の遺臣の設定で、結城合戦に破れ、持氏の遺子春王・安王の形見の守り刀「村雨」（物語上の架空の刀）をもって大塚へ戻り、犬塚と変名。大塚は豊島氏の地で豊島氏の血を引くことを匂わしています。

さらに信乃の母も歴史に知られる井氏《いのし》の出と設定され信乃の由緒正しさを示します。

父の死後「村雨」を託された信乃は春王・安王の弟・成氏《しげうじ》に刀を献上するため古河城（『八犬伝』では芳流閣）に出かけます。（『八犬伝』で古河は「許我《こが》」と表記。）

しかし「村雨」は事前にすりかえられて窮地に陥り、捕り方、八犬士・犬飼現八信道《げんぱちのぶみち》（信の玉）

と天守閣で戦うのが有名な「芳流閣《ほうりゅうかく》の戦い」。多くの錦絵にも描かれています。尚「村雨《むらさめ》」は、家康が命を狙われ、徳川将軍家代々に害をなす刀として名高い妖刀「村正《むらまさ》」を意識した銘名。ですから、真田幸村は「村正」の刀を持って戦い、勤王の志士たちはこぞって「村正」を欲しがりました。「村正」ではあからさまなので「村雨」ともじっていますが、この刀を掲げることで、この話が徳川家打倒を示すことを匂わしています。

　古河公方は鎌倉公方であり、関東を治める将軍で、徳川も関東将軍であることから、暗に鎌倉将軍を徳川将軍になぞらえています。ですか

有名な「芳流閣の戦い」の場面・第三輯巻之五の口絵（木版画、『南総里見八犬伝』岩波文庫）

ら、もとより「村雨」が古河公方に献上されるはずがありません。（終盤で「村雨」は成氏に渡されますが、成氏が嫌な顔をして受けとっています。）

「芳流閣」で戦った信乃と現八は共に舟上に落ち、旧利根川を下って行徳の浦に流れ着き、古那屋に救われます。古那は館山の那古（なこ）の地名を逆にしたもので、那古との関係をほのめかします。行基が開山した那古寺は里見氏の帰依により隆盛し、里見義通が梵鐘を再鋳したと伝えられる里見ゆかりの寺。ここで二人は犬田小文吾悌順《こぶんごやすより》（悌の玉）と出会い、不思議な縁で小文吾の妹・沼藺《ぬい》の幼子・犬江親兵衛仁《しんべえまさし》（仁の玉）と出会います。沼藺とは犬を逆さにした言葉。

幕府側が伊豆に堀越公方を送り込んだため、旧利根川を挟んで関東の東は古河公方支配、西は堀越公方と上杉氏の支配となります。

八犬士はいろいろな危難に会いますが、そのほとんどは旧利根川の西側か北側にいるとき。旧利根川の東側に入ると無事なのは、東が古河公方支配下の地だからなのです。

尚、旧利根川とは、時代により川筋を幾度も変えますが、渡良瀬川とほぼ平行に古河の南側から南下し、現在の古利根川・中川の一部を通り江戸湾に注いでいた昔の坂東太郎のこと。現在の利根川は江戸初期の利根川東遷事業により銚子に流れを変えています。

扇谷上杉の臣・太田道灌

名将として名高く、また「七重八重花は咲けども山吹の実の一つだになきぞ悲しき」（後拾遺和歌集・兼明親王）の歌にまつわる山吹伝説で知られる太田道灌《どうかん》が、『八犬伝』で巨田持資《おおたもちすけ》の名で登場します。道灌・本名資長《すけなが》（道灌は剃髪した名）は、持資と名乗ったこともあるらしく、博覧強記の馬琴は持資の名を用い、また太田入道道灌を「巨田入道道寛」と表記と替えて登場させているのです。

扇谷上杉家の家宰《かさい》・父太田資清《すけきよ》から家督を譲られた資長は、扇谷上杉家の持朝・政真・定正《さだまさ》の三代に渡って補佐し、古河公方・足利成氏《しげうじ》と28年間戦うことになります。

資清・資長が古河公方の勢力への防御拠点造営のため、河越城（埼玉県川越市）を築き、岩槻城を手に入れるのは、室町幕府から堀越公方が送りこまれる前年の1457年。武蔵国豊嶋郡に江戸城が築城され、資長が居館を移し江戸城に入るのも1457年。資長の防御作戦が瞬く間に進んでいったことを示しています。

この防御作戦により、古くから河越周辺に住む武士集団や江戸周辺を領地としていた秩父江戸氏などが滅んでいきました。

一方、山内上杉家の家宰・上野国の長尾景春《かげはる》は、不満から古河公方と結び、上杉氏に反乱（長尾景春の乱、1476〜80年）。扇谷上杉定正の居城・五十子《いさらご》の陣を急襲します。長尾家は資長の母方の親戚ですが、資長は主君・扇谷定正に忠義を尽くします。

しかし古河公方と室町幕府との間に和睦が成立すると、長尾氏は上杉氏と和解して、上杉側に戻る事件もありました。『八犬伝』で、長尾家は上杉側でありながらも八犬士に味方する場面があるのはこうした史実が背景となっています。

和睦が成立し、成氏が関東の支配権を握り、堀越公方が伊豆一国支配と決まるのは文明十四年（1482年）十一月。成氏が古河に逃れてから、関東を挽回するまで、多くの関東武士の悲願が背景となっています。

『八犬伝』で伏姫が自害した1458年から1482年まで、八犬士が関東各地を訪れ仲間を探す25年の長い期間は、この苦悩の時代にあたっています。

『八犬伝』に道灌が登場していると書きましたが、しかしながら、道灌その人が登場しているのではありません。道灌の命をうけた息子・薪六郎助友《すけとも》（架空の人物）を登場させています。

その理由は古河公方と室町幕府の和睦が成立するころ、道灌は主君・扇谷定正に疎まれ、国に蟄居《ちっきょ》を命ぜられていた史実に従っているためです。

太田道灌と千葉氏の内乱

関東管領扇谷上杉家の家宰・太田道灌《どうかん》は、古河公方・足利成氏《しげうじ》と戦うため画策した忠義の臣ですが、室町足利九代将軍義尚《よしひさ》時代を迎えた文明十四年（１４８２年）十一月に室町幕府と成氏に和睦が成立。古河公方が関東を支配し、幕府側の堀越公方が伊豆一国を支配するという形で一応終結します。和睦によりうとましい存在となった道灌は、主君扇谷《おうぎがやつ》上杉定正より領地での蟄居《ちっきょ》を命ぜられます。

自由に行動できない父に代わり、『八犬伝』では、道灌の命を受けた息子の巨田薪六郎助友《すけとも》（架空の人物、物語では太田でなく巨田と記述）が登場します。うとまれながらも道灌はあくまでも主君に忠義を貫く忠臣なのです。

『八犬伝』で、荒芽山に集った八犬士のうちの五犬士（犬山道節、犬塚信乃、犬川荘助（介）、犬飼現八、犬田小文吾）が謀られ大敗して散り散りに逃げる場面が「第五輯・巻之三第四十五回」にありますが、五犬士と戦う相手が巨田助友です。何故五犬士が助友と戦うのか。その前に山

古河（こが）居館跡（古河市）。古河公方・足利成氏の居城のあった古河は、『南総里見八犬伝』で、許我（こが）の文字で書かれている。芳流閣とは古河城のこと。

内上杉家の家宰の家柄の長尾景春《かげはる》が不満から古河公方と結び、反乱（長尾景春の乱）したときの智将・道灌の活躍を述べておく必要があります。

景春の父・景仲は道灌の母方の祖父にあたりますが、長尾景春の乱のとき、道灌は主君・扇谷定正について景春と戦います。その時、江戸城の周辺に位置する豊島氏が景春についたため、道灌は兵を発して、豊島氏を滅ぼします。『八犬伝』で豊島近くにいた八犬士・犬塚信乃や犬川荘助たちが災難に逢うように描かれているのはこうした事情によっています。

八犬士・犬山道節《どうせつ》忠與《ただとも》は練馬氏の出ですが、練馬氏と豊島氏は親戚で、このとき道灌に滅ぼされた氏族の出。八犬士・犬塚信乃《しの》戍孝《もりたか》も本名は大塚で、豊島氏と関係があることが設定されています。荒芽山の戦いは豊島氏の太田道灌への逆襲なのです。

また、千葉氏の当主を名のる上総千葉氏の千葉孝胤《のりたね》（岩橋氏）が古河公方・成氏を支える有力武将であったことから、苦戦した道灌は、千葉氏の当主をねらう千葉介自胤《よりたね》（千葉氏の嫡流の千葉実胤の子・武蔵千葉氏）を擁護して内乱をおこさせ、孝胤は臼井城（佐倉市）に籠城。道灌も国府台（市川市）に城を築いて臼井城を攻め、孝胤は本佐倉城を築いて退去します。

自胤は上杉側として勢力を伸ばしますが、道灌が失脚すると後ろ盾を失い、千葉氏としての下総支配を失っていきます。『八犬伝』には孝胤の名と、そして自胤が登場しています。

対牛楼（江戸城）の戦い

太田道灌《どうかん》の築いた江戸城が、『八犬伝』では「石浜城」（対牛楼）の名で描かれています。「石浜城」に幽閉された八犬士・犬田小文吾悌順《こぶんごやすより》（悌の玉）が、旦開野《あさけの》という女田楽師に身をかえた八犬士・犬坂毛野胤智《けのたねとも》（智の玉、『胤』は千葉氏の名によく用いられる文字）に助け出され、「対牛楼の戦い」（第六輯・巻之四第五十七回）へと進展していきます。

毛野は千葉介の家老・粟飯原《あいばら》氏の出と設定され、父は馬加《まくわりし》氏（千葉氏の一族）と組んだ扇谷上杉定正の家臣に策謀で殺害された話になっています。江戸城が描かれているのは、豊島氏、江戸氏、千葉氏など多くの関東武士が殺された拠点となった城だからでしょう。

犬塚信乃の育つ大塚の地や神宮川《かにわ》の場面は克明な写生で描かれ、馬琴がこの場面にこだわったのは馬琴の育ちが大塚周辺で、よく知っている地を用いたためです。

馬琴は旗本・松平信成に仕えていた家老・滝沢興義《おきよし》の五男ですが、九歳で父を亡くします。信成の屋敷は清澄公園の近くにありました。父の死後、兄の俸禄を減らされ馬琴は主君の孫・

八十五郎《やそごろう》の小姓として勤めますが辛さから出奔。以後著作を志して山東京伝に弟子入りし蔦谷重三郎を知り、履物商の百《ひゃく》の入婿となり一男三女が生まれますが、商売を嫌い作家の道を歩みます。

滝沢家の祖先は武蔵国埼玉郡川口村の郷士・真中《まなか》氏を婿とした家柄（馬琴が調べている）であり、真中氏は豊島氏の枝流で、馬琴は豊島氏と繋がる家柄を『八犬伝』で犬塚信乃に託したのでしょう。八犬士が命を狙う相手が主に扇谷定正である理由がここにある訳です。「植杉」と表記された人物も登場しますが、皆上杉一族を示します。

『八犬伝』の「第九輯・巻之二第九十四回」で、犬江親兵衛を除く七犬士が、扇谷定正を窮地に追い込み、犬塚信乃と犬山道節は定正の居城である五十子《いさらご》城を占拠します。

信乃は白壁に数行の文章を筆でしたため、姓名を記します。信乃が五十子城に姓名を留めたその日付が、「文明十五年正月二十一日」と『八犬伝』に明記されています。古河公方と室町幕府の和睦が成立し、古河公方が関東の支配権を握ったのが、文明十四年（１４８２年）十一月であった史実を考えれば、成氏が支配権を握ったすぐあとにこの日が設定されていることが分かります。

道節と信乃は定正の臣・太田道灌に滅ぼされた豊島氏の一族の出ですから、定正に恨みを晴らすことになります。信乃の快挙には馬琴の先祖豊島氏の無念を信乃に託し、物語で晴らした馬琴の心情が汲みとれるのです。

「南総里見八犬伝」地図

『南総里見八犬伝』主要地・地図。石浜城とは江戸城のこと。
＊滸我・許我の両方の表記を用いている。

八犬士とは何者か

八犬士ですが、里見八犬士といわれるぐらいですから、安房里見氏と関係が深い子弟と考えられがちですが、しかし必ずしも、そうとも言えません。

犬塚信乃戍孝《しのもりたか》（孝の玉）は豊島氏の出。信乃《しなの》のルビも用いられている。

犬山道節忠與《どうせつただとも》（忠の玉）は豊島氏の親戚・練馬氏の出。

犬飼現八信道《げんぱちのぶみち》（信の玉）は農民の子ですが、古河公方・成氏の臣の犬飼に育てられます。

犬村大角礼儀《だいかくまさのり》（礼の玉）は下野《しもつけ》国赤岩村の郷士で上野《こうずけ》国犬村の郷士の養子となった人物。上野は里見氏の本拠地。下野ははっきりしませんが結城氏周辺でしょうか。

犬坂毛野胤智《けのたねとも》（智の玉）は千葉介の家来・粟飯原《あいばら》氏の出。粟飯原氏とは小見川一帯を支配した千葉氏。父は馬加《まくわり》（千葉氏）一族と組んだ扇谷上杉定正の家臣に策謀で殺されます。また毛野は成長し上毛《こうづけ》胤智と名乗ることから里見氏との関係も考えられます。

犬川荘助義任《そうすけよしとう》（義の玉）は伊豆の堀越公方の荘官の子。父が同僚に謀られて殺され、奴婢の

犬塚信乃戍孝《しのもりたか》	孝の玉
犬川荘助義任《よしとう》	義の玉
犬飼現八信道《のぶみち》	信の玉
犬山道節忠與《ただとも》	忠の玉
犬田小文吾悌順《やすより》	悌の玉
犬坂毛野《けの》胤智《たねとも》	智の玉
犬村大角礼儀《まさのり》	礼の玉
犬江親兵衛仁《まさし》	仁の玉

八犬士の名と、それぞれが持っている玉の文字。八つの文字は八徳を示す。

身分で育ちます。安房里見氏の家来の蜑崎《あまざき》の親戚。
（荘介とも表記されている。）

犬田小文吾悌順《こぶんごやすより》（悌の玉）は安房里見氏の家来・那古七郎の甥。

八犬士の筆頭・犬江親兵衛仁《しんべえまさし》（仁の玉）は、小文吾の妹の子で、神余氏の悪家老・山下を殺そうとして、あやまって神余を殺してしまう農民・杣木朴平《そまぎぼくへい》の孫。

安房里見氏と関係ある八犬士となると犬川荘助（介）、犬田小文吾、犬江親兵衛、それに里見の本拠地と関係する犬村大角、犬坂毛野の五人というところでしょうか。

それぞれに共通しているのは、結城合戦や享徳《きょうとく》の乱で、山内・扇谷上杉氏、長尾氏などの室町幕府側と戦った氏族の子弟たちや、長尾景春《かげはる》の乱で扇谷上杉の臣・太田道灌《どうかん》に滅ぼされた江戸周辺の武士の子弟たち、もしくは、千葉介の臣や幕府側の堀越公方の臣といった上杉側でありながらも、策謀によって悲運に追い込まれた子弟たちだということです。

この物語は滅ぼされた氏族の子弟たちが安房に集い、関東にもう一度、昔のユートピアを取り戻す話なのです。八犬士が最終決戦で戦う相手が、山内・扇谷上杉氏、長尾氏、千葉介自胤、和睦した古河公方、上杉側に加わった武田氏などの、室町幕府側連合軍である理由がここにあります。また最終決戦で三浦氏を破るのは三浦が鎌倉公方・持氏の遺臣でありながら裏切り、幕府側に味方したことに由来しています。

忠臣・道灌を尊敬

享徳の乱や長尾景春の乱などを通し、扇谷《おうぎがやつ》上杉氏の臣として戦い抜いた忠臣・太田道灌《どうかん》は、古河公方・成氏《しげうじ》と、幕府から派遣された堀越公方との間に和睦が成立した後は、主君・扇谷上杉定正《さだまさ》にうとまれ、蟄居を命ぜられたのち亡くなります（暗殺か?）。道灌が死去するのは文明十八年（１４８６年）七月のことです。

道灌は八犬士にとっては敵役ですが、馬琴は道灌に最大の敬意を払っています。山内上杉顕定《あきさだ》・扇谷上杉定正や、古河公方（成氏ははじめ八犬士の味方だが幕府との和睦後は八犬士の敵となる）や、千葉自胤《よりたね》、武田氏らの連合軍と、里見軍が水陸での最後の決戦に挑むその日の設定をみて下さい。

潮の流れを変えることのできる「甕襲《みかそ》の玉」をもつ、、大《ちゅ》和尚《だい》は、決戦日を文明十八年十二月八日と決定し、八犬士たちは水陸から同日に攻め込み大勝利を得ます。決戦の日には道灌がすでに亡くなっていることに注目して下さい。霊玉に導かれた天下無双の

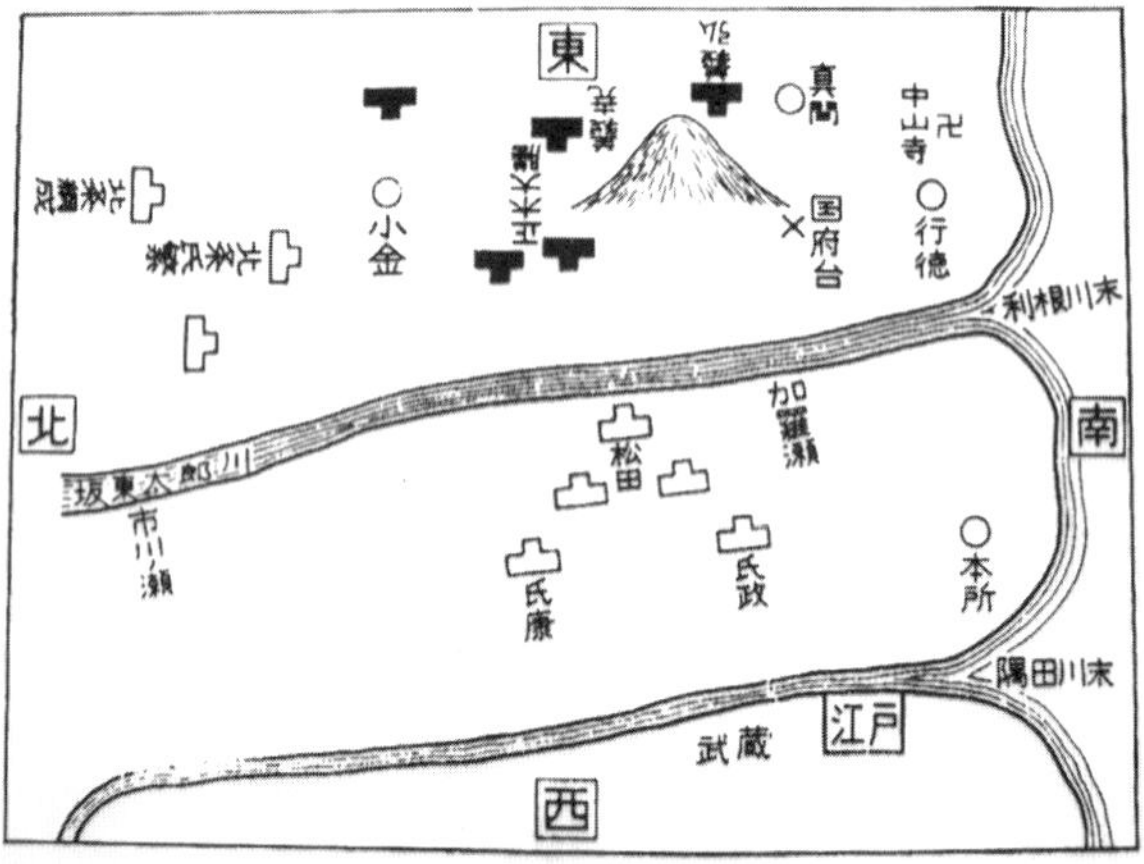

第二次国府台合戦の合戦前の配置図

里見義弘が北条氏康らと戦った第二次国府台合戦（1564年）の合戦前の配置図。『千葉県妖怪奇異史談』（暁印書館刊より転載）
図の上方、東の文字近くに正木大膳の文字が見える。

八犬士ですが、忠臣・道灌が守っているうちはさすがに破ることはできず、亡くなってから初めて破る力を得る話となっています。

馬琴が道灌に、忠臣の鏡として敬意を払っている場面をもう一つ見ることができます。それは最後の決戦の火蓋が切られ、扇谷定正の命が危うくなったとき、救うために道灌の子・巨田助友が登場する場面です。（物語では太田ではなく巨田）このとき道灌はすでに亡くなっていますが、忠誠心に篤い道灌は、それでもなお助友を遣わせて主君・定正を救わせるのです。

同じく忠臣として、物語に描かれている人物が河鯉守如《かわこいもりゆき》とその子・河鯉孝嗣《たかつぐ》（架空の人物）。『八犬伝』で守如は道灌と同じように扇谷定正の命を救い、孝嗣も忠臣として仕えますが、定正に命を狙われ、八犬士に助けられます。

孝嗣は定正の家臣であることを捨て、政木大全《まさきだいぜん》と名を改めて里見家に仕えることになります。ここで孝嗣の苗字・河鯉に「鯉」の文字が入っていることが、里見家との繋がりをほのめかしていたことが分かります。鯉は「魚」へんに里見の「里」を書くところから里見に従う魚なのです。

政木大全とは、物語よりあとの時代ですが、安房里見の家老として代々名高い正木大膳亮《まさきだいぜんのすけ》（正木時茂）の名を用いたもの。時茂の名は里見四代実堯《さねたか》の頃から登場し、特に国府台合戦で功労した正木大膳亮は有名です。正木氏の出自ははっきりしませんが里見氏と婚姻関係にあります。

里見氏の悲劇

馬琴が『八犬伝』を描くきっかけとなった里見家の重要人物がいます。安房里見氏最後の城主・九代忠義《ただよし》（稲村城の戦いを内紛とし、九代とする説が有力）です。里見の居城として知られる館山城（館山市）の城主でした。

『八犬伝』は安房里見三代までを描く話で、時代はかけ離れますが、しかし忠義の悲運が馬琴に筆を執らせる要因となりました。

忠義は、小田原城主で佐渡金山奉行をしていた大久保忠隣《ただちか》（徳川家康の三河時代からの家老・忠世の子、大久保彦左衛門忠教の甥？）の長男・忠常の娘を室とした人物。忠常夫人は徳川家康の長女・亀姫と奥平信昌の間に生まれた女子で、忠義は家康の曾孫婿にあたります。

大坂冬の陣（1614年）の前年、忠隣が謀反の罪をうけ、叛意の証拠の武器弾薬、佐渡の隠し金などもみつからなかったにも関わらず失脚。事件は闇に包まれたまま忠隣は自害し、大久保家は改易となります。本多正信・正純親子の陰謀とも言われています。

忠義は連座の法（親戚の者が罪を犯したとき、その犯罪に関わらなくても罰せられる法）により、安房十二万三千石から、わずか三万石の伯耆国《ほうきのくに》（鳥取県）倉吉《くらよし》に移封され、館山城は早急に取り壊されました。倉吉での実際の石高は千人扶持程度で、さらに減らされ、最後は百人扶持となり、29歳の若さで病死（憤死か？）。跡継ぎがなく里見家は取り潰されました。

新井白石の『藩翰譜』によると、忠隣に米穀を送り、鉄砲足軽隊を派遣したこと、館山城を修復し防備を固めたこと、新たに諸国浪人を召抱えたことなどが理由に挙がっています。確た

安房里見氏系図

一代 里見義実《さとみよしざね》 ― 二代 成義《しげよし》（義成《よしなり》）
- 三代 義通《よしみち》 ― 四代 義豊《よしとよ》
- 実堯《さねたか》 ― 五代 義堯《よしたか》 ― 六代 義弘《よしひろ》 ― 七代 義頼《よしより》
  - 八代 義康《よしやす》 ― 九代 忠義《ただよし》
  - 時茂《ときしげ》（正木大膳亮）

る証拠もなく酷い仕打ちを受けた忠義の供養と、徳川家康批判がこの物語にはこめられているのです。

倉吉には忠義の墓の周囲に殉死したと伝えられる家来達の墓が建っています。(『房総の秘められた話奇々怪々な話』・崙書房を参照) 殉死者は七人とも、八人とも伝えられ、これが八犬士登場の由来とも考えられています。安房には、忠義の縁者の和尚が殉死者の骨を八つの蛸壺に入れて秘かに館山に持ち帰ったという伝説もあります。

忠義が移封となった伯耆国ですが、足利尊氏に抵抗した後醍醐《ごだいご》天皇が流された隠岐の島から脱出して住まわった土地で、天皇が尊氏をのろい、再起を祈願した場所が伯耆国です。『太平記』には天皇自ら密教の法服を着用し、祈祷用道具を両手に持ち護摩を焚いたと書かれています。

馬琴は伯耆国で憤死した忠義の怨霊に後醍醐天皇の不屈の神通力を仮託させ、霊玉を持つ八犬士を登場させたのかもしれません。

御成街道造成の謎

大坂冬の陣の戦を目前にした慶長十九年（1614年）一月に、72歳の徳川家康は船橋から東金までほぼ一直線に造成させた御成街道を通って、お鷹狩りに千葉の東金を訪れています。御成街道の成立の謎と里見氏滅亡の関係をお話するのですが、まず、家康と千葉県との関わりを知って頂くために、家康が豊臣秀吉に領地替えを命ぜられ、初めて江戸入りした天正十八年（1590年）から話を進めましょう。

当時、家康は三河（三州）、駿府（駿州）、遠江《とおとおみ》（遠州）を支配し三州殿と呼ばれ、秀吉の五大老の筆頭でした。関東討伐により天正十八年に関東を手中に治めた秀吉は関東支配のため、家康に江戸への領地替えを命じています。

江戸入りした家康の千葉県に関する業績を述べますと、天正十八年に東金及び九十九里をお狩場に指定、鷹狩りの諸役人や御捉飼馬《おとらえかいば》村などの設定を命じ、翌十九年には船橋の延喜式内意富比《おおい》大神宮（現・船橋大神宮）の宮司・富氏の邸宅に宿泊。功労のあった本多忠勝を大多喜

徳川家康像（静岡県駿府城跡）

城主に任命しています。その後、家康は江戸支配を三男・秀忠に任せて駿府に戻り、三州の支配を続け、実質上領地拡大に成功します。

慶長十八年九月十七日に駿府を立った家康は、鷹狩りのため、小田原を通り、浦和、川越、岩槻、葛西などで道すがら鷹狩りをし、十一月に江戸城に入りました。名目は鷹狩りですが、陣羽織装束に軍配をもち、馬に乗った多くの家臣軍や歩兵を従えた戦の出で立ちで、しかも鷹狩りに備え、あらかじめ行く先々に廻状を出し、各城の領主の命令よりも鷹狩りのため家康の命を先行させせよとのお触れを出してのお成りで、戦への出陣と同じです。廻状により、家康の通った道—小田原、浦和、川越、岩槻、葛西などは家康の支配に落ちたことを意味しています。

江戸城に入った家康は同年十二月三日に駿府に戻るため出立、六日に平塚の中原御殿に入りました。『徳川御実記』『駿府記』に書かれた内容でお話しています。

この夜、家康は小田原城主で金山奉行であった大久保忠隣《ただちか》の謀反を耳にし、捕縛を命じた後、急遽翌一月に上総東金辺で鷹狩りをすると申し渡しています。十二月十二日に佐倉城主土井利勝を召して準備を命じました。その後造成されるのが、船橋から東金に至る御成街道です。

では、なぜ大久保忠隣の謀反という重大事件のときに、鷹狩りのための街道を造成する必要があったのでしょうか。背景には要職にあった大久保忠隣の失脚にかこつけ、忠隣の親戚・里見忠義を滅ぼす計画が家康の心中に当初からあったと思われるのです。

御成街道と里見氏滅亡

慶長十八年（1613年）十二月六日夜、徳川家康は平塚の中原御殿で、小田原城主で金山奉行であった大久保忠隣の謀反を耳にし、捕縛を命じるとともに、急遽翌一月に上総東金辺で鷹狩りをすると申し渡したことが『徳川御実記』に書かれています。

同月十二日に佐倉城主・土井利勝が呼ばれ、翌年一月に上総東金辺で鷹狩りを行うので準備しておくようにとの命を受け、家康は翌年一月七日に東金での鷹狩りのため江戸城を出立していますので、命令から、わずか26日間で準備されたことが分かります。

まず、関東の広大な雑木林を支配していた伊奈氏が船橋の延喜式内意富比《おおい》大神宮（現・船橋大神宮）の宮司・富氏の邸宅内に船橋御殿4800坪を造営。利勝は船橋と東金の中間点に御茶屋御殿（千葉御殿・中田村・3600坪）を造営し、東金八鶴湖の高台に東金御殿（6700坪、現・東金高校の敷地）を造営します。

又利勝は、船橋から実籾一里塚、犢橋宿、長沼池、焼塚、提灯塚、御茶屋御殿を経て、蛇田谷の険や馬渡しの険の難所には無理やり道を通し、御成橋を通って東金御殿に至るほぼ一直線、約34㎞（37㎞とも言われている）の御成街道を造成しました。街道を一直線に通すために昼は大勢の村人が白旗を掲げ、夜は提灯を灯し3日3晩で造成されたと伝えられています。

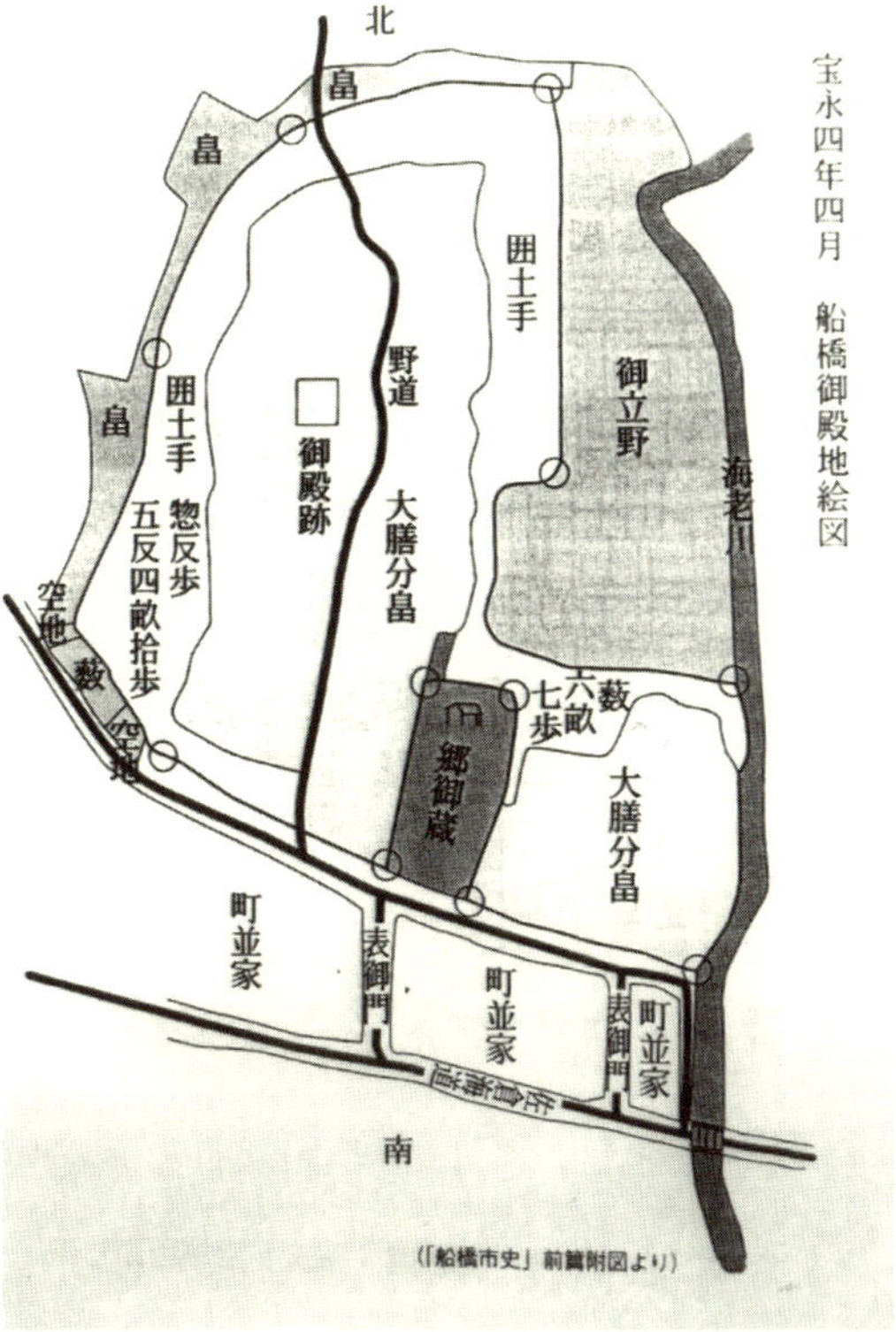

宝永4年の船橋御殿の地絵図。（船橋市史より）

船橋御殿跡に建つ船橋東照宮（現在）。船橋御殿が取り壊された跡地に富氏が建立した。

御成街道の造成は関東周辺に家康の名を轟かせ、支配確立の力となりました。

こうした難工事ができた背景には、川の流れを変えて城を水攻めした大規模な戦や、大坂城築城に小豆島から石垣の石を運んだ工事など、当時の土木技術の向上を見ることができます。

では、なぜ急いで東金で鷹狩りをする必要があったでしょうか。

忠隣の謀反については謎が多く、金脈発見に功績のあったことから大久保姓を名のることが許された大久保長安事件も謎と言われ、本多正信・正純親子の捏造とも言われます。忠隣の父忠世《ただよ》は家康の三河以来の重臣で、忠世と忠隣は家康の三男秀忠の将軍就任を押した人物。（本多は秀康を押した）里見忠義は忠隣の孫婿ですから、秀忠―忠隣―忠義の関東地方での強固な繋がりが家康にとってうとましかったとも思われます。

里見氏は安房一国に留まらず上総・下総にも一時勢力を誇り、江戸城入口に位置し、早くから里見水軍を持つなど目ざわりな存在でした。街道を造ることで上総支配を家康が握り、里見を安房に封じ込めて力を削ぎ、戦わずして滅ぼし領地を得たかったというのが実情でしょう。

大坂夏の陣の後、領地は分割され恩賞として旗本、御家人に与えられました。

船橋大神宮・富氏と家康

ここで船橋の延喜式内意富比《おおい》大神宮（現・船橋大神宮）の宮司・富氏と徳川家康の関係を述べましょう。富氏は船橋―東金の御成街道設立時に自分の邸宅地を、船橋御殿4800坪の造営に提供するなど大きく関わった氏族。家康が初江戸入りした翌年天正十九年（1591年）に家康は富氏邸に宿泊しており、富氏は今では知られていない氏族ですが、当時は家康と懇意だったことがわかります。

「常磐神社御箱」に収められていた徳川家と富氏の関係を描く一幅の画。正面上・徳川家康の直筆・花押、正面・徳川秀忠、左・富氏、右・家光と思われる。（船橋市教育委員会保有。）

『東金市史』編纂のため、東金市八鶴湖に住む富さん（富氏

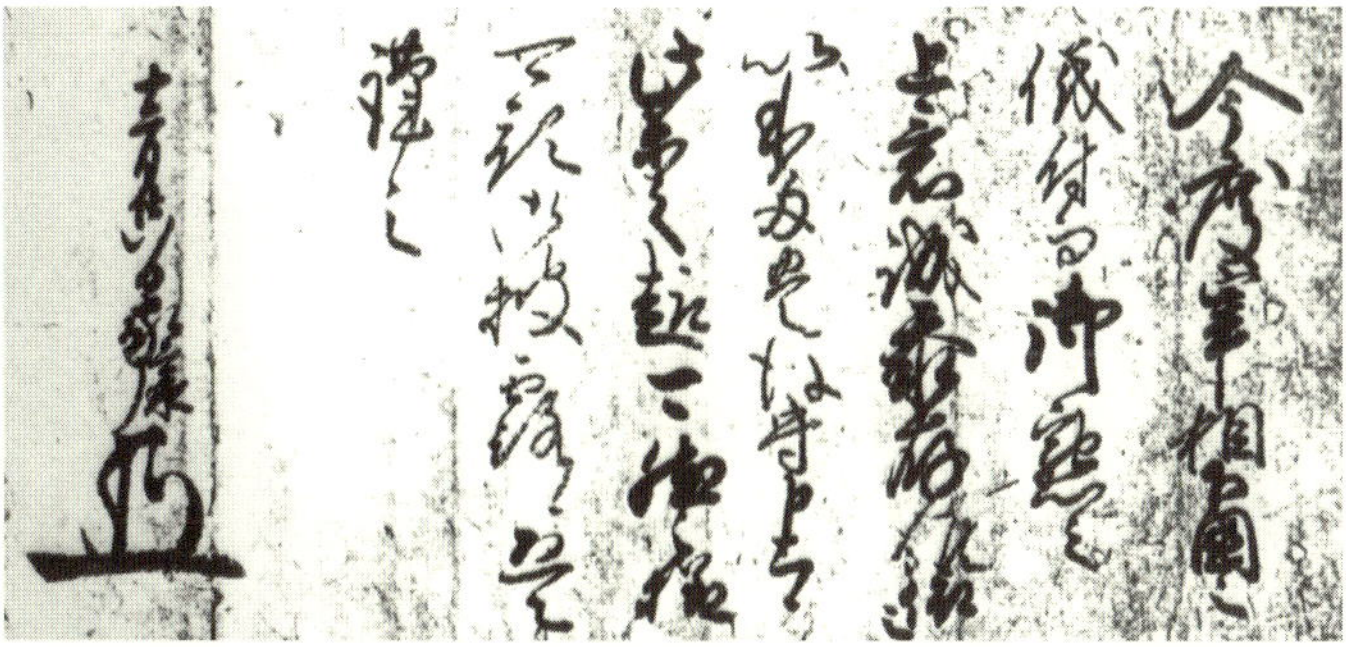

関白秀吉に世話をかけたので本多豊後守を挨拶に派遣する旨を秀吉の側近に報じた「徳川家康の書状」。十二月廿八日家康の花押有

は明治時代以前に八鶴湖に移住）を訪ねたところ、船橋大神宮境内の常磐神社に「常磐神社御箱」と言われる秘密の箱の存在が明らかとなり、中から貴重な資料が多数見つかったと編纂の方から聞きました。

この箱は内密にされ、富家の継承者のみが見ることを許されていたそうです。

今私の手元には、市史編纂資料として頂いたコピーがあります。【徳川家康画像】と称する三人物を描いた一幅の画（正面家康、向かって左秀忠、右は家光ではないかとの説明あり）と、秀忠を江戸に下向させることで関白秀吉に世話をかけたので家臣の本多豊後守を挨拶に派遣する旨を秀吉側近に報じた【徳川家康の書状】（本文は家康の祐筆が書き、「十二月廿八日家康（花押）」の署名と花押は家康の直筆）と、関が原の戦の準備をしておくようにと家康が富基重に指示した二月六日付の【徳川家康の下知状】の三枚です。箱には他にもたくさんの資料があったとのこと。

「常磐神社御箱」の宝物は現在船橋市教育委員会が保有しています。

この内の【徳川家康画像】ですが、左の人物は宮司の衣装を着用していることから富氏ではないかと、私があるところで話したところ、柏に住む立松和宏さんが調べて下さって、どうも正面は家康ではなく秀忠の顔に似ているそうで、左は宮司衣装の富氏、右は家光で、秀忠の頭上に掲げられている家康の署名と花押は、書状か何かに書かれたものを切り抜いて張ったものらしいとのこと。

この一幅は東照大権現・家康から下り、二代将軍秀忠と跡継ぎ家光を描き、お側近く伺候した富氏自身を描いたもの。家康は東金の鷹狩りに3回訪れ、秀忠は将軍のとき6回と大御所時代に3回の計9回、家光は1回（本保弘文『東金御成街道を探る』を参照した）お成りですので、おそらく秀忠が家光を伴ったおりに描かれた画と思われます。

三代将軍家光の隣に富氏が描かれているので、不敬であるとして内密にしまわれたのでしょう。

家康は江戸幕府を開くにあたり、早くから富氏と関わりを持ち、勢力を伸ばす安房里見氏などを牽制していたと考えられるのです。

八犬士の名の由来

八犬士の名について、高田衛氏が『八犬伝の世界』で、室町時代の『書言字考節用集』を引き、興味深い研究をしています。

この古書には「里見八犬士」として、「犬山道節、犬塚信濃、犬田豊後、犬坂上野、犬飼源八、犬川荘助、犬江新兵衛、犬村大学」の八人の名が記されているとのことです。『八犬伝』の八犬士名は「犬山道節忠與、犬塚信乃戍孝、犬田小文吾悌順、犬坂毛野胤智、犬飼現八信道、犬川荘助（介）義任、犬江新兵衛仁、犬村大角礼儀」ですので、極似していることがわかります。

馬琴が参考にしたと見て間違いないでしょう。

館山城の崖下にある「八遺臣の墓」

では実在の人物かいうと、どうも眉唾で、真田十勇士と同じように強い家来がいたことを示すだけのようです。しかし千葉の話となると「犬」が用いられる点は、犬吠埼の地名など、昔から千葉県と犬との深い関係を思わせます。

もう一つ館山市・城山公園に不思議な墓が建っています。万葉の小道に沿って館山城北麓の暗い崖下に下りると、人目を避けるように建つ「八遺臣の墓」の墓石があります。安房には伯耆国倉吉で死んだ里見家最後の城主・忠義の死に殉死した遺骨を、8つの蛸壺に入れ、忠義の縁者の僧侶が秘かに館山に持ち帰った伝説があります。しかしその伝説と「八遺臣の墓」の関係は分かっていません。

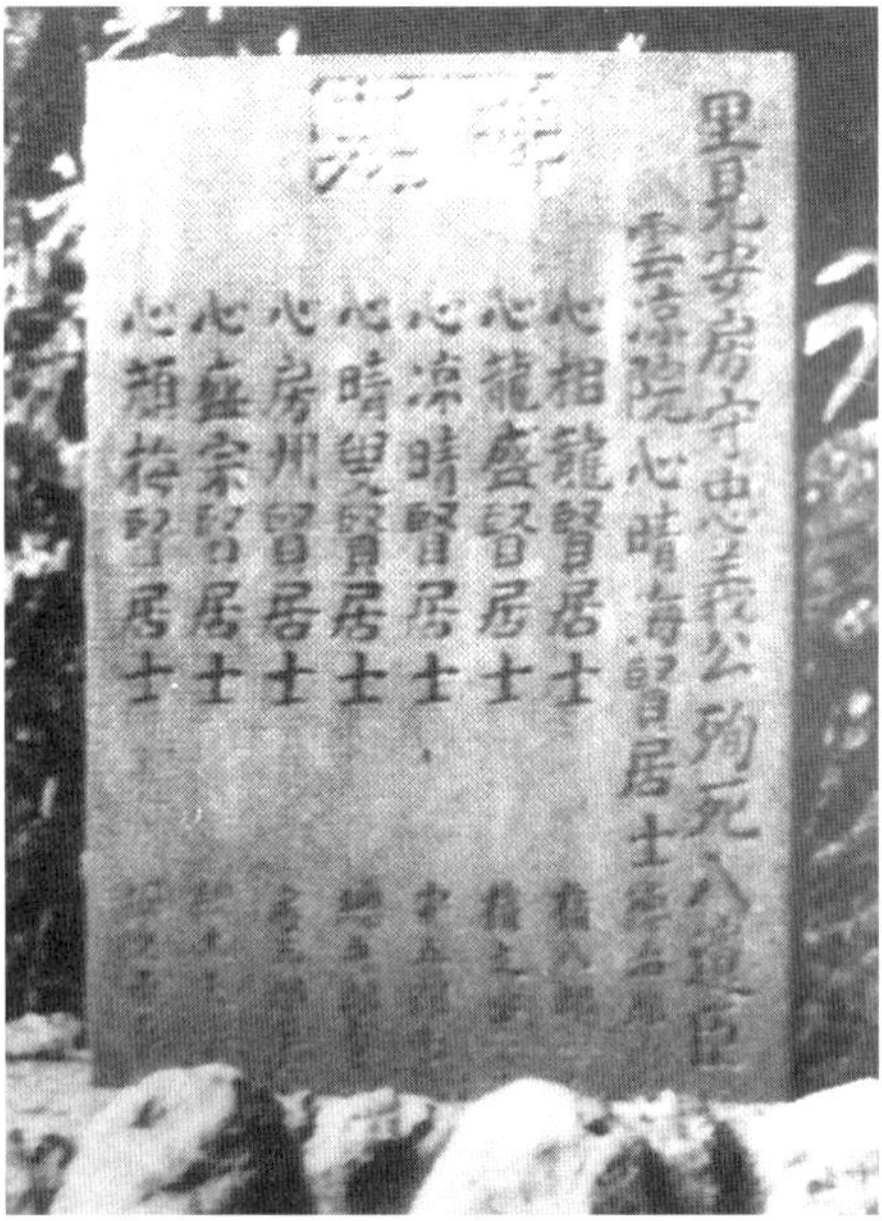

戒名を示した碑

戒名にはそれぞれ〔心〕と〔賢〕の2文字が刻まれ、徳治郎、権八郎、権之丞、安太郎、総五郎、房五郎、総太夫、堀之丞の名が刻まれています。馬琴が「八遺臣の墓」を知っていたかは分かりませんが、戒名の〔賢〕を〔犬〕の文字に変えて、八犬士が書かれたと述べる学者もいます。

犬士とは剣士であると共に、犬は子孫繁栄やお家存続の象徴です。『八犬伝』には猫（山猫を含む）と犬（八犬士を含む）の戦いの場面が幾度も盛られています。

流産をおこすと言われる猫と、子の守神の犬との戦いは、物語中盤で八犬士筆頭・犬江親兵衛が代表として京に上り、安房の名家・金余《かなまり》（神余）家の再興を願い出る場面へと繋がるものであり、このことから『八犬伝』がお家再興の物語であることがわかります。

その背景には馬琴の家柄・滝沢家は、太田道灌によって滅ぼされた豊島氏の縁に繋がる真中氏の出で、父は旗本・松平信成の家老として仕えるものの、父の死後、一家が辛酸をなめた境遇が反映されています。

さらに馬琴の長男・宗伯は医者となりますが病死したため、馬琴は孫・太郎に滝沢家再興を期待し、貴重な蔵書を売り、気の進まない書画展も開いて、四谷鉄砲組の御家人株を買い与えて孫に願いを託します。こうした馬琴の心境も反映されているのです。

玉に秘められた忠義の文字

馬琴に『八犬伝』を書かせた重要人物・安房里見氏最後の城主・忠義《ただよし》は、舅の父・大久保忠隣《ただちか》の謀反の罪の連座の法をうけ、伯耆国（鳥取県）に移封となり、最後はわずか百人扶持となって亡くなります。跡継ぎがなく、里見家は徳川家康によって取り潰されたことは前に述べました。

しかしながら、忠義には脇腹の男子が二人（もしくは三人）いたとの『里見代々記』の研究者もいます。男子がいても取り潰された理由は当時の「お目見え制度」に因ると思われます。主君への目通りがなければ世継ぎと見なされない制度で、幼かった男子たちは家康（又は秀忠）に目通りしてなかったと考えられます。

しかし江戸町民たちはこれをどのように受け取ったでしょうか。男子は「いない者」として無視された。もしくは男子を女子と扱ったことになりましょう。

八犬士には墓の中から這い出して復活する犬山道節忠與《どうせつただとも》と、一旦は蹴られて死にますが息を吹き返す犬江親兵衛仁《しんべえまさし》がいます。これは「いない者」として一度は抹殺されたことを示すものでしょう。

女の姿で育てられる者も二人います。八犬士の最初に登場する犬塚信乃戍孝《しなのもりたか》は女の衣装で育てられ、犬坂毛野胤智《けのたねとも》も旦開野《あさけの》という女田楽師で登場しています。

里見忠義は悲運の人生を歩みますが、不幸な生育の八犬士の中でも、最も不幸な二人の八犬士が登場してきます。犬川荘助（介）義任《よしとう》（義の玉）は武士の家に育ちながら父母が死んだため、奴婢の身分として育ちます。犬山道節忠與（忠の玉）は、嫉妬をうけて殺された母とともに幼い身を墓のなかに埋められ、土中から這い出してきた男子です。二人の悲運には里見忠義の悲運が重ねられていると思われます。

その証拠として、念入りなことに八犬士の持つ八つの玉のうちこの二玉だけは持ち主が変わります。八玉の「仁義礼智忠信孝悌」は、「仁義礼智信」の〔五徳〕に儒教思想を取り入れた〔八徳〕を示しています。二人は八犬士と知らずに争い、道節は守袋に入れた荘助の「義」の玉を引きちぎって手に入れ、荘助は道節の肩のこぶを握り、こぶから飛び出た「忠」の玉を得ます。玉は後で元の持ち主に戻されます。（第五輯・巻之四）

しかし二玉の文字をよくみて下さい。不思議や、里見忠義の「忠義」の文字が浮び上がるではありませんか。

「忠」「義」の二つ玉を入れ替えることによって、読者の注意を引きつけ、『八犬伝』が忠義の追悼の物語であることを示しているのです。馬琴の綿密な計算のうかがえるところです。

伏姫のモデル種姫

安房里見義実の娘として『八犬伝』に登場させている伏姫のモデルに、里見五代義堯《よしたか》の娘・種姫《たねひめ》が挙がっています。里見六代義弘《よしひろ》の妹です。

里見義堯は四代義豊と戦った犬掛合戦で勝利し、里見家を継いだ人物。天文七年（1538年）第一次国府台合戦で小弓御所の足利義明に従い、北条氏綱・氏康と対戦。義明が矢で胸を射抜かれたと知った義堯は交戦せず上総に引き上げ、葛西を失うものの真里谷武田氏の支配下にあった久留里城、大多喜などを占領し、領地を拡大します。

市川の国府台城は千葉氏分裂の際、馬加康胤討伐に向った太田道灌が築いたと言われ、文明十年（1478年）に道灌が敵対する千葉孝胤の居城・臼井城を攻めるために用いました。

永禄七年（1564年）第二次国府台合戦で、種姫の兄・義弘は大将として出陣、北条氏康と戦います。一時は里見軍が優勢だったものの大敗に終り、死者の数は数千に及んだと言われます。（『房総里見軍記』より）

現在、里見公園内の国府台城跡に「里見諸将軍霊墓」三基と落城時に啼いたという「夜泣石」があります。

種姫の夫・正木久太郎（正木時茂の嫡男・正木氏は里見の親戚）もこの合戦で戦死し、種姫は夫の死後仏門に入り、夫の菩提を弔うとともに戦死した里見一族や戦死者全ての菩提を弔ったと伝えられています。初めは白浜に滝本山種林《しゅりん》寺を建て住みますが（白浜城跡近くに種林寺跡あり）、その後図書の乱が起こり、乱を避けて養老渓谷の宝林寺に逃れました。

小湊鉄道・養老渓谷駅徒歩5分、朝生原《あそうはら》の台地に建つ富士山宝林寺は種姫の創建（一説には再建）、種姫の位牌が伝わっています。

木彫り位牌の表には「宝林寺殿慶州妙安大禅定

宝林寺（養老渓谷）に伝わる種姫の位牌。右表、左裏。

尼」と書かれ、裏には「禅尼者里見義堯之長女種姫也嫁正木久太郎々々々廿五歳戦歿種姫守貞創種林寺於白濱作尼而居焉里見氏以十五石地附之後避圖書之亂到當寺云々」と彫られています。

岩肌が絶景をなす養老渓谷に位置し紅葉の美で知られる風光明媚の地ですが、当時は人里離れた辺境地で、山に籠り菩提を弔う里見家の美しい姫の話は聖女とあがめられたのでしょう。『八犬伝』で伏姫と八房の住む洞窟前に渓谷が書かれているのは、この養老渓谷をモデルにしたもの。

『八犬伝』で伏姫は死後富山に住み犬江親兵衛を育てます。『八犬伝』の終盤に繰り広げられる国府台決戦や海上合戦のとき、多くの戦死者が敵味方に出ますが、伏姫は妙薬を親兵衛に託して敵味方なく善人全ての命を復活させます。この救済には皆の菩提を弔った種姫の悲願が込められているのです。

○○○○○○○

毒婦「船虫」と「鬼来迎」

『八犬伝』で聖女「伏姫」に対して、毒婦として描かれるのが「船虫《ふなむし》」です。第六輯巻之一で船虫は武蔵国阿佐谷村の猟人・並四郎の妻として登場します。

猟人を描くのは徳川五代将軍綱吉の発令した『生類憐令』批判を示しています。

船虫の「虫」ですが、和気清麿の姉は広虫と呼ばれた巫女で、巫女を意識した名とも考えられます。

里見氏の縁者・犬田小文吾（悌の玉）は千葉家の宝・嵐山の尺八を盗んだ賊として船虫に訴えられ、身の潔白を証明したものの、石浜城（江戸城がモデル）の邸内・対牛楼に幽閉されます。

嵐山の尺八と小篠・落葉の二刀は千葉介自胤《よりたね》の奸臣・馬加大記常武《まくわりだいきつねたけ》（架空の人物。馬加氏は千葉氏の一族、馬加《まくわり》から幕張《まくはり》の地名となった）が並四郎夫婦に盗ませたもの。船虫は千葉氏の家臣に捕まり石浜城に引かれるおり大記常武に助けられ逐電。

小文吾は、大記常武に謀殺された千葉家の一族・粟飯原《あいばら》氏の忘れ形見の女田楽師・旦開野《あさけの》（実は八犬士・犬坂毛野、智の玉）と出会い、旦開野が敵の馬加一家を切りまくる有名な「対牛楼の戦い」へ発展していきます。

男に媚びる才と、歳を感じさせない美貌と、並外れた生命力と、奸智にたけた船虫は、第七輯巻之一で犬村大角（礼の玉）の父・赤岩一角になりすます怪猫の妻となり、第八輯巻之一で山賊酒顛二《しゅてんじ》の妻となって登場。偽按摩に姿を変え小文吾を殺そうとして捕まり、庚申堂にぶら下げられ（第八輯巻之二）、それとは知らない犬川荘助（義の玉）によって助けだされ、大角と荘助は酒顛二を誅し、船虫には逃げられます。

この庚申堂に縛りつけられる場面は横芝光町虫生《むしょう》の広済寺に伝わる重要無形文化財「鬼来迎」を下敷きにしたもの。「鬼来迎」の〈和尚道行〉〈墓山〉〈和尚物語〉には、虫生のとある辻堂で、縛られ地獄の鬼に苛まれている妙西の姿を目撃した石屋和尚が、妙西の父・椎名安芸守と妻・顔世にその話を聞かせて辻堂に伴い、両親は泣いて娘を地獄におとした自らの罪を悔いて、罪の消滅と娘の成仏を祈り、広済寺建立を約束する寺の縁起が演じられています。

船虫は流れ流れて武蔵国司馬浜の辻君になり、客を殺して金子を奪っていたが小文吾に捕まり、来合わせた六人の犬士によって牛角に突かれて息絶えます（第八輯・巻之八下套）。牛の酪農は古くから房総で行われ、牛角に突かれて死ぬ話も房総に伝わる話からとったもの。

船虫は里見氏縁者の小文吾と幾度もからんだり、千葉氏の一族・馬加と結託したり、「鬼来迎」の妙西のように御堂にぶら下げられたり、牛角に突かれたりと、最後まで房総との深い繋がりで描かれているのです。

謎解きの面白さ

『八犬伝』に、千葉氏に伝わる宝物として〔嵐山の尺八〕と〔小篠・落葉の二刀〕が第六輯巻之二に出てきます。実際には千葉氏の宝物にそんなものは存在しません。馬琴による架空の宝です。では、どうして〔尺八〕と〔二刀〕なのでしょうか。

尺八の〔尺〕の文字に〔二刀〕の文字を重ねて下さい。〔尺〕の上〔一〕、〔尺〕の下に〔一〕、そしてその下に〔刀〕を書くと〔房〕になりませんか。〔尺八〕〔二刀〕は〔房八〕となり、転倒させると猛犬「八房」の文字が浮かび上がります。

これには江戸町民も喜んだことでしょう。こうした謎解きを各所に取り入れ、より面白くしています。

八犬士・犬江親兵衛の父「山林房八」の〔房八〕の名も転倒させると「八房」。〔房八〕の祖父・杣木朴平《そまぎぼくへい》は純朴な農民でしたが、主君・神余光弘を救おうと、悪家老・山下を討つつもりが、山下に諮《はか》られ誤って神余を殺してしまった人物です。そうした悪の因縁を断ち、悪を転じよう

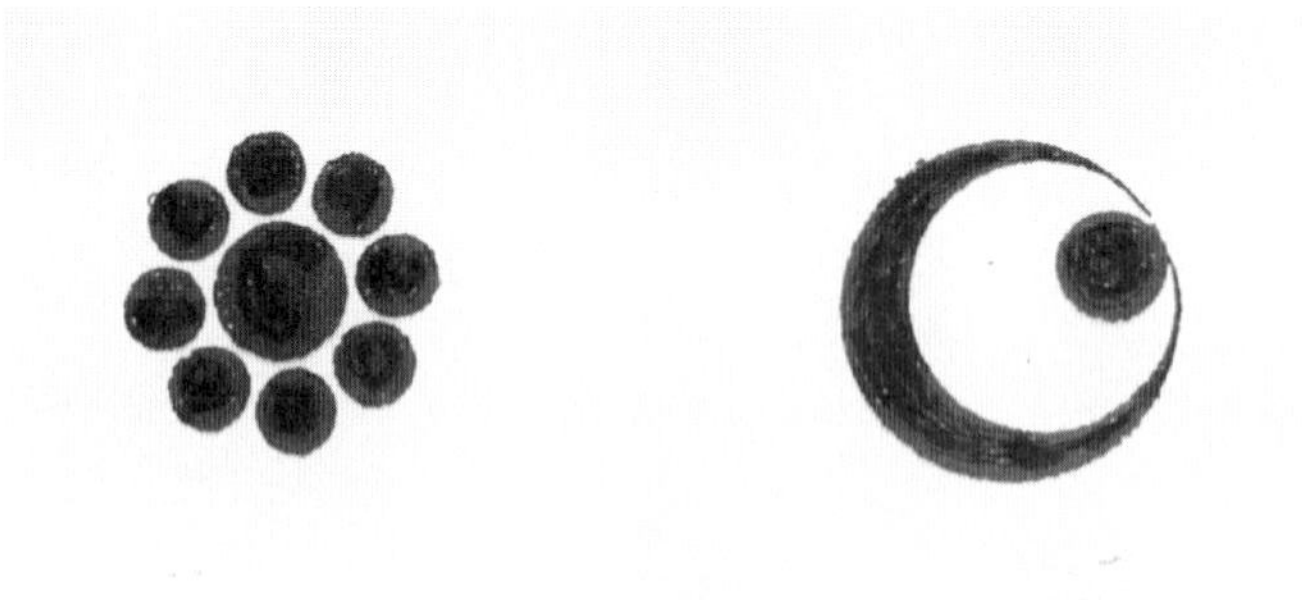

伏姫を中心に八犬士が囲む図柄は九曜紋の影響であるという説がある。

と〔房八〕は八犬士・犬塚信乃の身代わりとなって死んでいきます（第四輯巻之四）。

また、第五輯に登場する姨雪《おばゆき》世四郎（与四郎の表記も用いられている。）と音音《おとね》夫婦の子、力二郎と尺八郎の〔力二〕〔尺八〕も千葉氏の宝物の謎解きと同じ。二人は八犬士を救うため討死します。尚、与四郎とは犬塚の飼っていた犬名で、同名を持つ姨雪世四郎は犬の精を持つ人物です。文中にすごい速さで走る場面があります。

どうぞ皆様も、もっと謎解きを探してみて下さい。

千葉氏の家紋に〔九曜紋〕と〔月星紋〕がありますが、〔九曜紋〕は真中に月を配置し周囲を八つ星（北斗七星と北極星）で囲む家紋。星神信仰を示します。（尚千葉氏は一言妙神を信仰）研究者にはこの〔九曜紋〕を引いて、伏姫を中心に姫を守る八犬士を暗示するとの説もありますが、伏姫は里見家の姫で八犬士は里見家に集う若者たち。その構図に千葉氏の家紋を用いるのは無理があると思われます。しかしながら、『八犬伝』は房総を意識し、千葉氏に関する事柄を多く取り入れているのも事実です。

作中に臼井城主・千葉孝胤《のりたね》や上杉と仲良くする千葉介自胤《よりたね》、また千葉氏の一族である馬加氏《まくわり》や粟飯原《あいばら》氏の名も描かれ、さらに粟飯原氏の忘れ形見として八犬士・犬坂毛野《けの》〈智の玉〉を登場させています。

一説に〈九曜紋〉は真言宗の「八字文殊」「八曼陀羅」を示すという説もあり、〈智〉は文殊の最高の教えを示します。智の玉を持つ犬坂毛野は最終決戦でその智才を称えられ、軍師の役目を仰せつかる重要人物。

馬琴は千葉氏の家紋にこうした念力を感じ、房総で栄華を極めた千葉氏を讃えているのでしょう。

千葉の八百比丘尼人魚伝説

『八犬伝』には聖女「伏姫」を始めとして、清い心を持つ二人の女性「浜路」「雛衣」が登場します。

蟇六《ひきろく》の養女「浜路」は犬塚信乃（孝の玉）の許婚ですが、陣代の簸上《ひがみ》に見初められ、宝刀・村雨丸をすり替えた網乾左母二郎《あぼしさもじろう》にさらわれ、本郷で実兄の犬山道節（忠の玉）と出会うものの網乾に切られ、信乃に操を立てて亡くなる女性。（第三輯）

犬村大角（礼の玉）の妻「雛衣」は、目を射られた義父の赤岩一角《いっかく》（実は怪猫）の傷療養にと、「船虫」に腹の子の生血を所望され、義父への孝行に自害する女性。（第七輯）

聖女「伏姫」に対し登場させている「玉梓」は里見家を呪詛し窮地に陥れる狸の妖怪（肇輯）。さらに男に媚びる才と歳を感じさせない美貌と奸智にたけた妖女二人が登場しています。

蟇田素藤と結託し、里見義成の嫡男・義通を誘拐する八百比丘尼「妙椿」（風向きを変えることのできる霊玉・〔甕襲の玉〕を持つ、第九輯・巻之九第百九回）と、前に述べた毒婦「船虫」

風早神社（松戸市上本郷）庚申塚。八百比丘尼伝説がある。

です。

日本古代の巫女は神に仕える者とし霊力を尊敬される存在でしたが、時代が下るにつれ卑しめられていきます。「玉梓」は人身を惑わすとして下げすまされた巫女の姿に似ています。

また「妙椿」の八百比丘尼とは、若狭が発祥とされ若狭比丘尼とも言われ、椿花をもって舞い、各国を巡って寺の縁起や曼陀羅などを絵解きし説法していた比丘尼でした。また人魚の肉を食らって八百歳まで生きた伝説があり、八百比丘尼と呼ばれ、年代が下るにつれ、売春する身分へと落ちていきました。「船虫」はそうした八百比丘尼のなれの果てを連想させます。

こう考えますと、日本の巫女の変遷が『八犬伝』に取り入れられているように思えるのです。

松戸市上本郷の風早神社の庚申塚（『八犬伝』には神のご加護を得るときなどに庚申塚を幾度も用いている）のあることで知られますが、人魚の肉にまつわる伝説があります。

昔六軒新田に住む農民が長者屋敷の庚申講に招かれたが、長者は珍しい人魚の肉料理を用意していた。人魚の肉を食べると祟りがあるというので皆こっそり食べないことに申し合わせた。ところが一人、肉を持ち帰り娘に食べさせたところ娘は年齢を加えてもいつまでも美しいので人魚の肉を食べたのだろうと噂され、追い立てられるように若狭に行き、尼になり、八百歳まで生きたという伝説。

『八犬伝』に人魚伝説がとられています。三浦沖の最終決戦で人魚の油を塗って海に潜ると冬も温かいことを知り、八犬士は油を塗って敵の仕掛けた水中の鎖を切断します。（第九輯・巻之三十五下第百六十一回）

「半かじりの梅」伝説

千葉県には人柱伝説に付随する「半かじりの梅」伝説が各地に伝わっています。千葉の伝説や地名などをつぶさに調べた馬琴は、この伝説も『八犬伝』に取り入れて進行させています。

人柱伝説は長生郡睦沢の女が堰と、成田市大竹の下総松崎《まんざき》駅にほど近い坂田池が有名ですが、どのような伝説なのか、その要約をお話しましょう。

どんな日照りでも涸れないと言われていた池（堰）の水が、ある年堤が切れて水が溢れ出し、里人は何日もかけて修復に汗を流したが上手く運ばず、困りはてていたところに、青梅をかじっている子を背負った見知らぬ一人の女が通りかかり、里人たちは女を捕まえ、背に背負った子供もろとも堤下に埋めて人柱にしてしまった。

その後、堤から一本の梅の木が生え育って実をつけるようになったが、どの実にもかじったような傷があった。里人は女と一緒に人柱に埋めた子供が青梅をかじっていたことを思い出し、

養老寺（館山市）の門前の立看板。源頼朝にまつわる「片葉のススキ」の話を伝えている。隣の洲崎神社と接した崖下に役行者が住んだと伝わる洞窟がある。

その梅の木を「半かじりの梅」または「半かじりの片ふた梅」と呼ぶようになったという話。

人柱が実際にあったかどうかわかりませんが、この話は「半かじりの梅」と「人柱」の話が合体しているところに特徴があります。

安房の地は変種の植物が多いことで知られ、多くの植物が異なる形態をしていると指摘されています。

安房一の宮・洲崎神社の隣にある養老寺にも「片葉のススキ」伝説が伝わっています、通常すすきの葉は葉脈に沿って左右に葉をつけますが、片方しかつけないことから「片葉のススキ」と呼ばれました。洲崎神社は源頼朝が祈願した神社で、片方にしか靡《なび》かない（頼朝になびいて他には味方しない）ススキとして伝わっていました。残念ながら消えてしまい、現在は見ることはできません。そのことを記した板碑が建っています。

「半かじりの梅」もそうした植物の変種の一つと考えられます。不思議な形態なので不気味な伝説と結びついたのかも知れません。

『八犬伝』では八犬士の最初に物語に登場する犬塚信乃戍孝の飼い犬・与四郎犬が、悪叔父・蟇六《ひきろく》の飼い猫と戦い瀕死となり、犬塚信乃が与四郎犬を手厚く葬ります。その場所に梅の木が生え、実がなったところ、枝ごとに八つづつ実り、「仁義礼智忠信孝悌」の文字をつけた梅が実ったというもの。（第三輯・巻之一第二十一回）

犬塚信乃は女子の衣装を着て育ち与四郎犬に乗って現れるので、伏姫と八房のミニチュア版です。犠牲になる設定、傷のある梅の実など「半かじりの梅」伝説を巧みに取り入れ、梅の実の傷を八文字に変えて、因縁に導かれる八犬士の登場を予言しているのです。

千葉の狐伝説と八犬伝

『八犬伝』には九尾《きゅうび》の狐伝説が取り入れられています。扇谷上杉定正の忠臣として登場する河鯉孝嗣《かわこいたかつぐ》（架空の人物）の乳母は九尾《きゅうび》の狐で「政木狐」の名で登場（第九輯・巻之十三之十四第百十六回）。扇谷定正に命を狙われる孝嗣を助けます。

九尾狐は中国神話の生物ですが、話は日本にも渡り、稲荷信仰と結びつき神となりました。栃木県那須町の殺生石は狐伝説で知られています。14世紀に書かれた「神明鏡」には鳥羽上皇に仕えた玉藻前が白面全毛九尾の狐であったと書かれ、歌舞伎にもなっています。

狐は狂言にも登場し、歌舞伎や人形浄瑠璃として多数上演されました。三代古典歌舞伎の一つ『義経千本桜』にも『狐忠信』が登場しアクロバットな面白さを見せています。

藤原道長時代に活躍した占い師・安倍晴明の母・葛の葉（信太姫）の正体が狐と発覚し、「恋しくば尋ねきてみよ和泉なる信太《しのだ》の森のうらみ葛の葉」の歌を残して去ったという話は有名で、「葛の葉の子別れ」の演目もあります。

『八犬伝』に登場する「政木狐」はこの晴明伝説を意識したもの。河鯉孝嗣は八犬士にも匹敵する技量の持ち主であり、狐を乳母とすることで、八犬士と同格の神格化を図ったのでしょう。

孝嗣はのち政木大全と名を改めます。里見家の家老職を担った正木氏を意識した名で、正木大全は大多喜の城主（物語では政木大全はいしみ郡大田木城主となると書かれている）となりました。さらに名高い正木大膳亮《まさきだいぜんのすけ》を意識した名。

安倍晴明にまつわる『娘道成寺』の基になったと言われる話が、銚子川口神社に伝わっています。花山天皇の失脚により身の危険を感じた晴明は、海上郡三宅郷垣根村の長者にかくまわれます。（晴明の母の郷里は銚子に程近い筑波の山麓説あり、昔霞ヶ浦は信太浦と呼ばれた）晴明は長者の娘で醜い顔をした延命姫に慕われ、姫を不憫に思った乳母の計らいで晴明と結ばれます。姫の顔を見た晴明は逃げ出し、姫は夜叉となって追い、逃げ切れぬと知った晴明は切り立った小浜《おばま》の崖に衣類と履物を揃えて投身自殺を装い、恋に狂った姫は崖から飛び込みます。銚子市親田の明王山真福寺略縁起に「延命姫、海中に没して、その怨霊竜魚となる」と書かれています。（『千葉県史跡と伝説』暁印書館を参照した。）

後日姫の歯と櫛が流れ着き「歯櫛《はくし》明神」が建てられ、「白紙明神」「白神明神」となったそうです。

八日市場市の飯高寺「飯高壇林」に狐が小坊主に化けて修業をした話があり、正体がバレた狐は山に帰り、「古能葉稲荷大明神」として祭られています。

神隠しの若君と八犬伝

「八犬伝」の第四輯・巻之五第四十回に、幼児大八《だいはち》(犬江親兵衛仁の幼名)が神霊にさらわれる話があります。

大八は下総国市川の船主・山林房八と、八犬士・犬田小文吾の妹・沼藺《ぬい》の子。房八の母妙真に抱かれ、里見の臣・蜑崎《あまがさき》十一郎照文(、大和尚とともに八犬士を探す任務を担う)らに守られ市川にきたとき、無頼漢の舵九郎に殺されそうになりますが、電光すさまじい中、むら雲が天より降りて大八を包み中天に巻き上げていく場面が描かれています。

その後、富山で伏姫と八房の霊に育てられ、八犬士の筆頭へと成長していきます。

又、義成の息女・浜路姫が鷲にさらわれた話が第七輯・巻之六に描かれています。

小松寺の山門(千倉町大貫)。神隠しにあった若君の話が伝わっている。

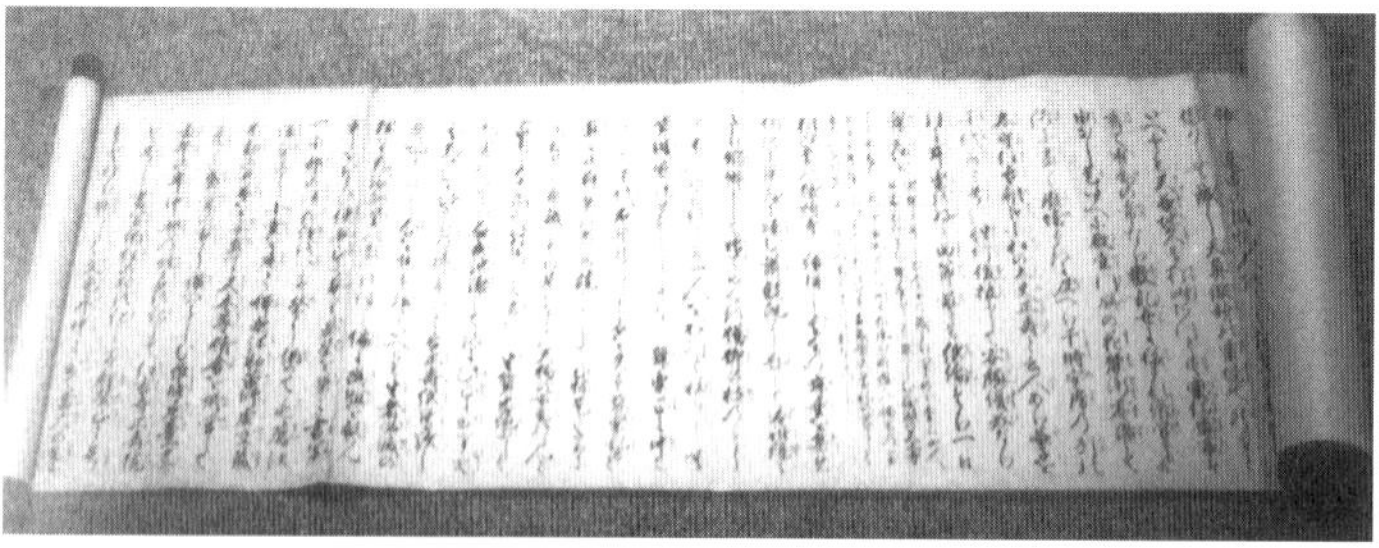

さらわれた千代若のことが書かれた正寿院縁起。

南房総市千倉町の大貫にある小松寺には神隠しにあった稚児の話が伝わっています。小松寺は役行者の創建と伝えられ、『八犬伝』で、伏姫に八犬士出現を予言する八文字数珠を授けるのが役行者ですから、馬琴は役行者にまつわる小松寺の話から親兵衛神隠しの場面を工夫したと考えられます。

以下小松寺に伝わる話。

小松寺では毎年二月十五日に法要が営まれるが、どんな晴天の日でも必ずその日に雨が降るのだそうで、延喜二十年（９２０年）二月十五日に起きた稚児誘拐事件に起因しているとのこと。事件の悲話を物語るかのように決ってにわかに空がかき曇り、稚児を悼む涙の雨が境内を濡らすそうです。

小松寺は、延喜二十年に小松民部正寿《みんぶまさとし》によって再建され、その名をとって小松寺と呼ばれるようになった寺。

事件というのは、その伽藍落成式のおり、正寿の嫡男で身延山にも聞こえた歌舞の名手・千代若なる美少年が、稚児舞を舞っていたところ、怪しい風体の者どもにとり囲まれ衆人の目前でさらわれたというもの。

五十嵐刑部左衛門という人が行方を尋ね歩いたところ、小松寺から15キロも離れた平群《へぐり》の地で手足がみつかり、富山の東に聳える伊予ヶ岳の頂上に屍《しかばね》がさらされていた。伊予ヶ岳や小松寺には古くから天狗が住む言い伝え（修験道の祖・役行者天狗説もある）があることから、誰言うとなく天狗のしわざというようになったというのです。

この話は小松寺縁起だけでなく、伊予ヶ岳の南方・平久里下の正寿院縁起にも詳しく書かれ、実話らしく、正寿院は千代若の遺体を供養した寺で、その縁により小松民部正寿により再建され、正寿院と名付けられたと縁起に書かれています。

また平群の伊予大明神と正寿院の中間の足作《あしざく》の地名は、千代若の足が落ちていたところ。又小松寺には千代若の従者乙王が責任を感じ、身を投げた乙王の滝があり、さらに七不思議とよばれる奇怪現象や里見家の財宝埋蔵説も伝わっています。

人不入《ひといらず》の藪

第九輯・巻之九第百九回には、八犬士に追われた蟇田素藤《ひきたもとふじ》が、八百比丘尼である妙椿《みょうちん》に導かれて隠れ住む人不入《ひといらず》の森が描かれています。

八百比丘尼は椿の枝を持って舞ったという伝説に因み、妙椿と素藤が隠れ住む森は椿の森となっていますが、房総は昔から椿木の多いところとして知られています。その昔、千葉は大きな干潟の海に囲まれた地形で、「椿の海」の名も残っていますし、また佐倉を初め、現在でも多くの椿木を房総でみることができます。馬琴は、八百比丘尼伝説と絡め、巧みに椿の森を小説に取り入れたのでしょう。

人不入とは、銚子市の本城にある天御中《あめのみなか》神社の西南『本城不知《しらず》』や、本八幡の「八幡藪不知」を考慮したものと思われます。

本城は千葉常胤一門の海上与一常衡《うなかみよいちつねひら》が治めていた土地（一言妙見様を祭る）でしたが、天正十八年に豊臣秀吉側に滅ぼされました。

八幡藪不知。（市川市役所前）

「本城不知」に伝わる伝説を要約すると次のようなお話です。

「本城不知」の藪に、その昔村人が薪を採ろうとして入ったところ、林の中でシロアリの大群に襲われて逃げ帰り、それを聞いた村一番の暴れん坊が笑って妙見様を拝みに行こうとしたところ、今度は足の長い蜘蛛が四方から限りなく集まってきて糸を吐き、かいこのようにからめてしまった。男はやっとの思いでその殻を破り、籠も鎌も投げ捨てて逃げようとすると、その足に蛇が幾匹もからみつき、衿首には毛虫が落ちてきて、さすがの暴れん坊も悲鳴を上げて半狂乱となり、帰る道を失い、全身を茨の棘で傷つけ、長い時間をかけて戻ってきた。

以後、人々はこの藪を「本城不知」と呼んでたいそう恐れ、誰一人近寄る者も無かったと言うことです。

本八幡の「八幡藪不知」は「八幡不知森」の名で、当時江戸の町民にまでよく知れ渡っていました。入ったら出てこられない藪と言われ、滝沢馬琴も興味をそそられて、『八犬伝』に「人不入」の藪を取り入れたのでしょう。現在は小さな藪となってしまいましたが、JR本八幡駅近くの千葉街道沿い南に今も残っています。

市川の八幡神社、本八幡付近は源頼朝が千葉氏と軍を進めた千葉氏ゆかりの地。本城も本八幡も千葉氏に関係の深い土地です。

尚、正岡子規は明治二十四年三月二十五日から四月二日まで房総旅行していますが、出発の二十五日に八幡神社を詣で、「八幡藪不知」を見物したことが子規著『かくれみの』に書かれています。又、市川に住んだ永井荷風の散歩コースだったのが「八幡藪不知」の道。『葛飾土産』に書かれています。

○○○○○○○○
里見に味方する村人たち

『八犬伝』で、山内上杉・扇谷上杉両関東管領、古河公方足利成氏、千葉介自胤らは連合して里見討伐軍を起こし、それを受け、里見義成のもとに集った八犬士たちは、関東理想郷実現のため水陸両軍からの最終決戦の準備を行いますが、里見に味方する上総の村人として「普善《ふせ》村」が描かれています。（第九輯・巻之七第百四回）

「普善村」とは多古町の「島《しま》」地域をモデルにしたもの。

多古は昔、千田の庄と言われた土地で、享徳の乱（1455年）のとき、古河公方側についた千葉介胤直は、上杉側の原胤房や馬加康胤（原や馬加は千葉氏の一族）に破れ千田の庄に逃れ、さらに志摩（島）城にたてこもった歴史のある土地。志摩城で千葉胤直は原胤房に破れ、千葉介は自胤が継ぐことになります。

安房里見氏は古河公方を擁立した氏族ですから、馬琴が「島」を取り上げる理由がここにあります。

上・日蓮宗不受不施派史跡案内板。左・成等山正覚寺の山門。
(『千葉県史跡と伝説』暁印書館より)

「島」は日蓮宗不受不施派の里として知られ、徳川幕府が存続した二百五十年間、布教が認められず迫害され、明治になってようやく布教が認められた宗徒の住む地域。

馬琴は「普善《ふせ》村」の代表者を、天津《あまつ》九三四郎員明《くさしろうかずあき》の名で登場させていて、その名が天草四郎を彷彿《ほうふつ》させ、隠れキリシタンと思っていたとも考えられます。そうした考えが当時流布していたのかもしれません。

不受不施派とは、文禄四年（1595年）に豊臣秀吉の先祖追福のために建てた京都東山妙法院の盧舎那仏《るしゃなぶつ》供養に出仕するか否かをめぐる論争から宗派に亀裂が生じ発生したと言われ、京都妙覚寺の日奥《にちおう》を中心とする僧たちは、あくまで日蓮の教えを守り出仕しないと主張。日奥は丹波の小泉（現亀岡市）に隠遁し、不受不施派が生じました。（『千葉県史跡と伝説』暁印書館発行を参照した）

日蓮の法華経至上主義を貫き、法華経信者以外を認めず、同信者以外の供養や施物を一切受けず、また法華経の僧以外の者には施さない宗派。さらにその実践に、法華経を正法とし信じない者にはあくまで説得する〔謗法折伏《ぼうほうしゃくふく》〕と、時の支配者が正法を信じないときはこれを諫め諭し、法華経信仰に基づく政治を要求する〔国主諫暁《こくしゅかんぎょう》〕が加わっていたことから、徳川家康にも恐れられ、不受不施派の僧は見つかり次第、遠島の刑に処せられたと言います。

そのため宗徒たちは寺を持つことを許されず、明治になり公に認められたのち、「島」の人々が本覚山妙光寺を買い受け、現在、成等山正覚寺が建っています。

京都の不穏な時代を描く

『八犬伝』は「太平記」以後の関東の歴史を踏まえ安房里見氏に焦点をあて、さらに馬琴の屈指の創造力を駆使して描いた物語です。しかし関東だけを描く話ではありません。政治の中心京都も描かれています。

馬琴は寛政十二年（1800年）、相模、浦賀、厚木、伊豆下田などを巡り、さらに京都、大坂（大阪）を見物しており、その旅行を詳しく記述した『羇旅漫録《きりょまんろく》』（1802年）や『蓑立雨談《さりゅううだん》』を出版。

『八犬伝』ではこうした経験もうまく取り入れ、犬田小文吾（悌の玉）の旅や、犬江親兵衛の京都上洛に巧みに利用しています。特に第九輯・巻之二十二第百三十二回の、犬江親兵衛仁《しんべいまさし》（仁の玉）が八犬士代表として、金余《かなまり》家再興のため京に上洛する場面には、相模、浦賀の風景や地形をとりいれて臨場感をもたせ、京都では、土地勘や見聞をふんだんに盛り込んだ見事な筆捌きを見せています。

八犬士全員の願望はお家再興にあります。それぞれお家滅亡に追い込まれた者たちの子である八犬士にとって、彼ら共通の家・金余（金碗）家を再興させることは念願でもありました。

実は、馬琴こそ滝沢家再興を切に望んでいた人物で、一人息子の宗伯《そうはく》が病弱のため若死してしまうと、孫の太郎に願いをかけ、大切な蔵書を売り払って御家人株を買い与え、孫を鉄砲組同心に据えて、滝沢家の再興を果たしています。『八犬伝』は馬琴の願いを込めた話でもあるのです。

八犬士の願いを一身に受けた親兵衛は、京へ上り、室町幕府・中央管領筆頭の細河政元（実権を握っていた細川を念頭においた人物）の屋敷におもむき、賄賂を差し出して天皇に働きかけ、姓《かばね》を賜り、金余家を再興させます。

しかしながら、親兵衛の人並み離れた力量に心奪われた細河は、将軍の命令と偽って親兵衛を屋敷内に幽閉。武道の達人・徳用を打ち据えて親兵衛の武勇が上がります。

その頃、画中の虎に目を入れたところ、虎が絵から抜け出し、京中を混乱に陥れる事件が起こりました。虎退治する剛の者もいないことに困った細河は、親兵衛にその任をまかせ、見事、親兵衛は虎の目を射って虎退治に成功します。

事件は画中の虎話として描かれていますが、時代は各氏族の内乱から戦国時代に入る少し前、足利九代将軍義尚《よしひさ》の時代で、京には不穏な輩どもの跳躍していたことを考えれば、賄賂にまみれた管領細川（物語では細河）の政治は権力を振りかざすばかりで、一匹の虎にさえ手をこまねき、親兵衛に頼るほど、政治力を無くした室町幕府を描いているのに気付かされます。

千葉県にある源義経伝説

京に上った犬江親兵衛（仁の玉）は、虎退治の手柄により帰国の許可を得ますが、親兵衛は天皇より従六位上と兵衛尉《ひょうえのじょう》を賜り、窮地に立たされていきます。

親兵衛は安房里見二代義成の家来ですから、主君の許可なく位をもらうことは主君への反逆になります。

『八犬伝』には源義経の話が挿入されていて実はこの場面もその一つ。京に上った義経は留め置かれ、天皇から従六位上・左兵衛少尉と検非違使《けびいし》を賜り、この事が主君・

吉次観音の内陣（本埜村）。『房総の史跡と伝説』暁印書館より

源頼朝の勘気を受け、義経討伐の要因となりました。

親兵衛が賜った兵衛尉が、義経の左兵衛少尉と類似しているので、読者はすぐに義経の苦難を思い浮べ、親兵衛がこうむる災難に手に汗握る状態に追い込まれます。こうした皆のよく知る歴史を用いるところも馬琴の巧みな筆捌きです。

親兵衛は秋篠将曹広当《あきしのしょうそうひろまさ》の心ある計らいで位の辞退に成功し、関東へと戻り、里見八犬士の最後の決戦に合流を果たします。

義経の話を取り入れた場面として、第八輯巻之三に犬川荘助と犬田小文吾を死んだと偽って偽首を酒につけ、わざわざ遠回りし腐敗した首を見せる場面があります。これも奥州で殺害された義経の首を酒につけ遠回りし、頼朝の吟味をまぬがれた話を取り入れたもの。義経生存説として伝わっています。

また、心を入れ替えた房八（親兵衛の父）が犬塚信乃の身代わりとなる場面は、義経を演劇化した「義経千本桜・鮓屋」で「いがみの権太」が心を入れ替え、自分の女房と倅を身代わりに差し出し、殺される場面を思わせます。

ここで房総の源義経の伝説をお話ししましょう。

義経は金売吉次に伴われて奥州藤原に向いますが、『印旛郡本埜村誌』『利根川図志』に、吉

「犬若」（銚子）

次は現在の吉次池で殺害されたと書かれ、身につけていた観音「吉次観音」が現在の中根観音だと言われています。また義経の家来片岡八郎は、銚子の刑部岬、佐貫城主・片岡常春との説もあります。

静御前は義経の愛人ですが正室は蕨姫《わらび》。蕨姫は平時忠《ときただ》（清盛の妻時子の弟、驕る平氏の中心人物）の娘で、時忠の所領の一つが銚子の猿田にあったことから、義経は討伐を逃れ、安宅関を通らずに、犬吠埼より船で奥州に渡った説があります。猿田には時忠ゆかりの時忠天神があり、時忠の歌として「命あらば又も渡らんの下総の海上川の笹まげの橋」が伝わっています。

義経が奥州に渡るとき兵士たちの集った場所が千騎ヶ岩であり、義経の飼犬・犬若が残され、いつまでも吠えたことから犬岩となり、そのときから犬吠埼と呼ばれるようになったということです。

駄洒落の楽しさ

曲亭馬琴の名の由来ですが、岩波文庫には「漢書《かんじょ》」にある「巴陵曲亭の湯を楽しむ」から曲亭をとり、「十訓抄」にある小野篁の「才馬郷に非ずして、琴を弾くとも能はじ」とある言葉から馬琴としたことが書かれています。それを「くるわ（郭・曲亭）でまこと（誠・馬琴）を尽くす」とモジったのも馬琴で、漢文教養の高さを示すとともに、江戸っ子的駄洒落の才能も感じられる命名であることに驚かされます。

こうした江戸っ子をとりこにする駄洒落の才能は、『八犬伝』に取り入れられている「名詮《めいせん》自性《じしょう》」からもみることができます。「名詮自性」とは名は態を現すの意味で、人物の性格や人柄を、その名によって表したもの。

例えば「簸上宮六《ひがみきゅうろく》」は「ひがみ窮している」を示したもの。犬塚信乃から村雨丸の刀を奪う「網干左母二郎《あぼしさもじろう》」の、「左母二郎」は「さもしい」を示しますが、「網干」とは何かといいますと、「網干屋」は江戸にあった米問屋のこと。飢饉などで米

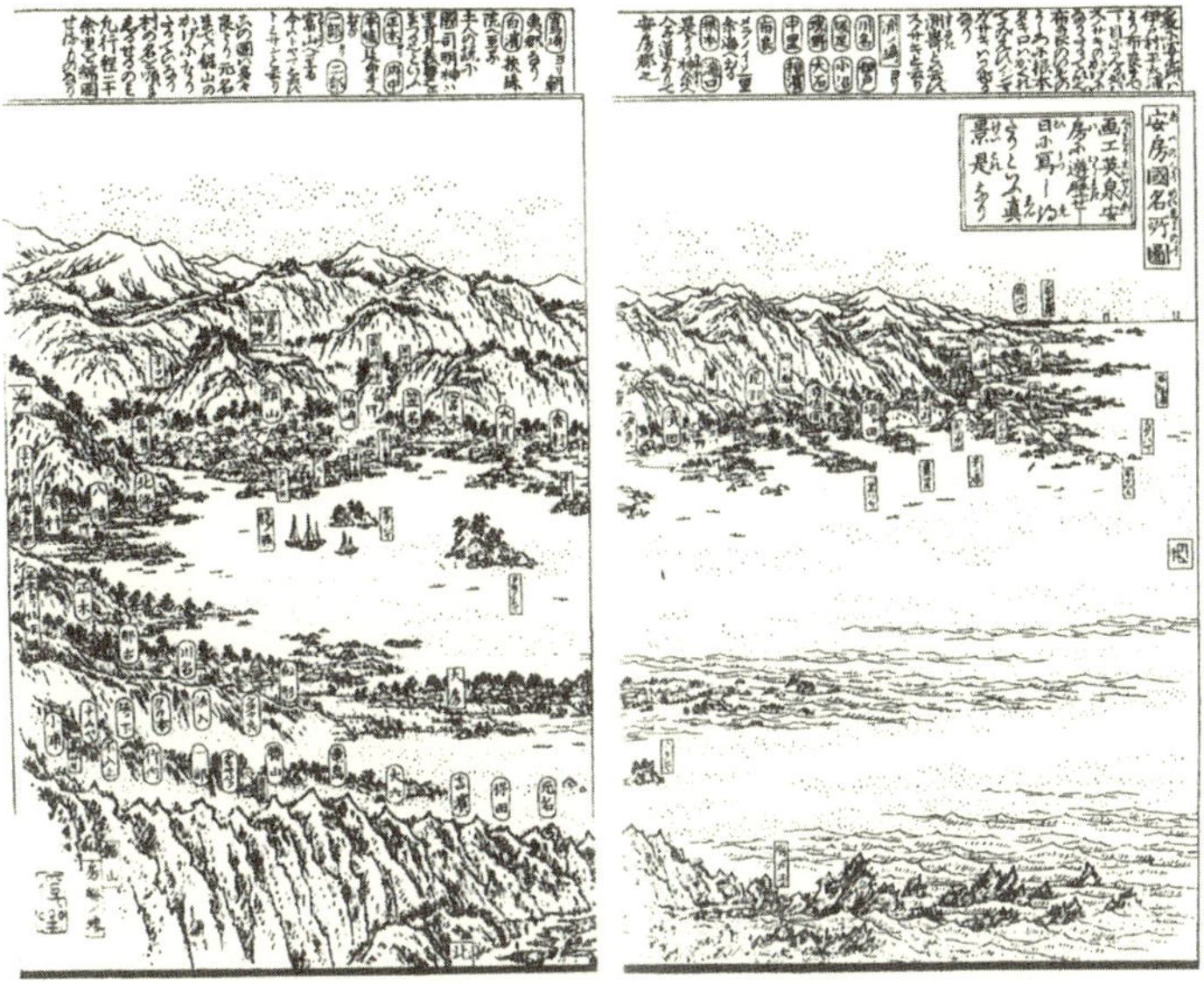

渓斎英泉が描いた安房画の挿絵。『南総里見八犬伝第九輯・巻之五十三下』「回外剰筆」より（岩波文庫）。手前に保田、勝山、那古の地名。湾の向こう左に館山、右に洲ノ崎の地名などが見える。

の供給が減ると米を売らずに囲い込み、米値が上がるのを待って売る米問屋が増え、町民の不満は「打ちこわし」となって米問屋を襲いました。「網干屋」は「打ちこわし」の対象になった米屋で、つまり「網干左母二郎」は「網干屋はさもしい」の意味が込められ、江戸っ子を喜ばす工夫がされています。

さらに要所に挿入されている挿絵も『八犬伝』の魅力を倍増しました。当時の有名絵師による躍動的かつ優れた写実絵や、奥行き・空間を表現する彫師の高度な技術、さらに摺師《すりし》の〔ぼかし〕や雪や雲や妖気を示す〔薄墨重ね刷り）やきめ出しなど、世界に誇る木版摺りの日本の技術が結集しています。

尚『八犬伝第九輯・巻之五十三下』の「回外剰筆」に浮世絵で名高い渓斎英泉が安房に遊歴して描いた挿絵が載っていますので紹介します。

また八犬士の一人一人の人柄や他の登場人物の性格などを描き切っているのも魅力の一つ。それぞれの性格には馬琴の兄や妹、家族、そして友人知人をモデルにしています。注目すべきは渡辺崋山・蒲生君平も馬琴の友人だったこと。蒲生君平は八犬士・犬村大角のモデルと言われています。

『八犬伝』には里見家の内紛である「稲村城の戦い」（義豊と義通の弟・実堯との戦い）や「犬掛合戦」（実堯の子・義堯と義豊の戦い）、を始め、最終決戦では、後北条氏と戦った実堯の水軍の活躍、国府台合戦、後北条氏の行った戦術など数々の合戦が巧みに取り入れられ構成されています。

馬琴の千葉地方を中心とした関東歴史研究の成果が『八犬伝』に生かされているのです。

水陸での最終決戦

『八犬伝』の醍醐味は何と言っても里見二代義成・三代義通を大将と仰ぐ里見八犬士たちと、山内・扇谷上杉氏、長尾氏、千葉介自胤、古河公方・足利成氏、上杉側に加わる武田氏などの室町幕府側連合軍とが戦う最終決戦にあります。

決戦は、ゝ大《ちゅだい》和尚や犬村大角（礼の玉）が姿を変え山内・扇谷上杉の戦闘意識を操り、智の玉を持つ策略家の犬坂毛野を軍師にした広大な作戦を立てる準備から始まります。

犬川荘助（義の玉）と犬田小文吾（悌の玉）は、行徳方面を固める仲間と協力し、人魚の油の奇効によって冬の海に入り敵の仕掛けた水中の鎖を切り、藁人形を用い敵の矢をとり激闘の末、扇谷上杉朝良や千葉介自胤らの大軍を突き崩し、捕虜にします。

国府台方面では、山内顕定・足利成氏の大軍と敵対。里見方は敵の戦車で窮地に陥らされるものの、犬飼現八（信の玉）が単騎で留まって大喝し潰走させ、犬塚信乃（孝の玉）、犬山道節（忠の玉）は野猪の牙に松明を結んで敵に仕掛けて、敵の新鋭戦車を焼きます。

国府台では里見陸軍の大将・里見義通と長尾景春の戦となり、そのとき京都からの帰途であった犬江親兵衛（仁の玉）が奇怪な一隊を率いて破り、山内憲房・足利成氏を捕虜にします。扇谷定正とその子朝寧《ともやす》は水軍を率いて押し寄せ、大角は三浦義武を海上で捕虜にします。

文明十八年十二月八日朝、扇谷の水軍が安房国洲崎を襲うと、里見の水軍は、義通をさらった妙椿から得た〔甕襲の玉〕を用いて風を起こし（第九輯・巻之四十三・四・第百七十二回）、河を逆流させて火攻めにし、道節は朝寧を海中に射落とし、ついに里見方は鎌倉を占領します。新鋭戦車や獣に松明を結ぶなどの戦術は後北条氏の戦を参考にしたもの。藁人形を用い敵の矢をとったり、流れを逆行させる場面は、『三国志』の諸葛孔明《しょかつこうめい》の戦術を参考にしています。

陸と海から勝利した里見側は、室町幕府側連合軍との和睦を申し入れて人質を解放し、関東武士団たちの願いであった、室町幕府側に干渉されないユートピアを関東に実現するというのが、『八犬伝』のクライマックスです。

和睦の場面を事細かに描き、さらに八犬士の行き末まで描いているのは馬琴の周到なところ。義成の姫君たちと八犬士はそれぞれ結ばれると、八犬士にあった牡丹のあざは不思議と消滅し、ここに八犬士の役割の終わったことを示しています。それぞれに生まれた子供に家督を譲り、八つ玉は四天王の体に治められ、里見の繁栄を願い四天王は、東西南北の地に埋められます。

その後八人は富山に住み仲良く暮します。

最終決戦の快挙を描く理由

里見義成・義通を大将にした八犬士と、山内・扇谷上杉氏、長尾氏、千葉介自胤、古河公方・成氏、武田氏などの室町幕府側連合軍が、水陸で戦う最終決戦日は文明十八年（１４８６年）十二月八日と『八犬伝』で設定されています。

しかし里見氏が１４８６年に連合軍と戦ったなどという史実はありません。

足利八代将軍義政の弟・義視《よしみ》と義政の子・義尚の間に家督争いが生じ、細川勝元と山名宗全がそれぞれを支援して応仁の乱が勃発するのは応仁元年（１４６７年）のこと。『八犬伝』で決戦の行われる１４８６年にはすでに戦国時代に突入しています。また北条早雲が韮山城を拠点に勢力拡大していきますが、関東を描く『八犬伝』ですが、早雲の活躍は出ていません。

当時の安房里見氏の勢力について、文書で確認できるのは永正五年（１５０８年）に安房国一宮鶴谷八幡宮に納められた棟札に「鎮守符将軍源政氏（古河公方足利政氏）」の名と「副師源義通（安房里見三代義通）」と書かれているとのことで、当時義通が安房に勢力を誇っていたことを示すばかりです。尚、里見・足利両氏は源氏。足利政氏は成氏のあと古河公方となった人物。

『八犬伝』で三代義通の陸戦での活躍を描いているのは義通の名が知られているからなので

1530年頃の関東地方勢力分布図

しょう。では八犬士が室町幕府側連合軍と戦う場面を描く必要がどこにあったのでしょうか。『八犬伝』の決戦勝利で、里見方が鎌倉を占領したと書かれていますが、里見氏の鎌倉占領は、決戦より40年後の大永六年（1526年）に、扇谷・上杉家、古河公方、甲斐の武田信虎、上総国の真里谷武田氏、小弓公方・足利義明（古河公方足利政氏の子・義明は、兄との内紛から上総国真里谷武田氏に迎え入れられ下総小弓城主となった）と里見氏が連合し、早雲の跡を継いだ北条氏綱を包囲。里見軍が鎌倉を襲撃して鶴岡八幡宮を焼失させた史実を踏まえています。『八犬伝』は徳川幕府批判の物語であり、鎌倉将軍と同じ将軍を徳川が名乗ることから、新田義貞が鎌倉府を襲撃した史実を踏まえ、義貞と同じ家紋の里見氏を用いたと前に書きましたが、実は里見も鎌倉を襲撃しており、里見に焦点を当てた理由がここにあります。

家督を譲られた八犬士の子供たちは、義通の子・義豊と叔父・実堯との内紛を避けて領地を離れ、実堯の子・義堯時代になると戻ると物語を結んでいます。里見氏の内紛だけでなく、扇谷上杉氏や古河公方家の内紛、それにより裏切り、敵対、和睦、対立と関東も戦国時代を迎えます。義堯は第一次国府台合戦で活躍する人物。『八犬伝』は里見氏の長い歴史を踏まえて書かれているのです。

養珠夫人と伏姫

『八犬伝』の伏姫のモデルとして、種姫（里見義弘の妹）はすでに述べましたが、実はもう一人、モデルと言われる「お万の方」がいます。上総国勝浦城主・正木左近大夫頼忠《よりただ》の息女で、徳川家康の側室となった女性。

家康にはお万と呼ばれた側室が二人。一人は次男秀康の母・小督の局。もう一人が正木頼忠の息女で、『徳川御実記』には「蔭山殿」の名で書かれ、家康死後「養珠院」と呼ばれました。

正木頼忠の息女・お万は天正五年（１５７７年）に勝浦城（現在の勝浦市八幡岬にあった）に生まれますが、豊臣秀吉が天正十八年六月に後北条氏の居城小田原城を攻略。後北条氏に味方した正木頼忠は本多忠勝、植杉泰忠《やすただ》らに攻められ勝浦城が落城。このとき14歳であったお万は、炎上する城を後に幼い弟・為春を背負って、白布を40《メートル》もの断崖絶壁に垂らし、布を伝わって海上まで下り、母や一族とともに小舟に乗って海路を伊豆韮山まで逃れたと伝えられています。

勝浦城跡に建つ養珠夫人立像。

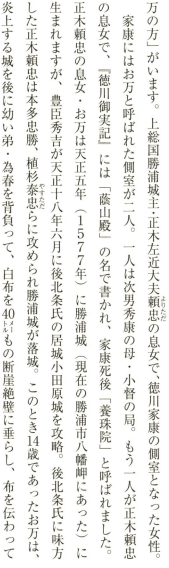

この話は「お万の布さらし」として有名で、現在、勝浦城址の公園の石段を登った頂上に八幡神社があり、神社の鳥居前には「養珠夫人生誕の地」の碑が立ち、比丘尼姿の「養珠夫人立像」が立っています。

その後、お万の母は伊豆の蔭山氏と再婚。お万は家康が文録二年（１５９３年）に沼津に本陣をおいた時に見初められ、17歳で家康（家康51歳のとき）の側室になりました。「蔭山殿」と呼ばれ、慶長七年（１６０２年）に京都伏見で後に紀州徳川家の祖となる長福丸（頼宣）を生み、翌年駿河で後の水戸徳川家の祖・徳千代（頼房）を生んでいます。

お万（養珠院）は法華経を深く信仰し、家康の死後仏門に入ると諸寺を建立。匝瑳市八日市場にある日蓮宗の寺・飯高寺《はんこうじ》の飯高壇林《いいだかだんりん》講堂は養珠院の寄進で建立されました。また病の者には薬を与え、貧者には遺財を恵み、刑罰あるものの命乞いを行うなど、数々の尊い行いをしたと伝えられています。

『八犬伝』で、伏姫は役行者《えんのぎょうじゃ》から授かった数珠を繰り、法華経を唱え、猛犬・八房との因縁に導かれて法華経に帰依し、洞窟で法華経三昧の日々を送るのも日蓮宗との関わりの深さを示しています。

さらに、八犬士による最後の決戦で伏姫は、戦死したり傷を受けた善人には、犬江親兵衛に妙薬を遣わして、息を吹き返させ、傷を治す場面があります。これは法華経に帰依し、日蓮宗を信仰した慈悲深い養珠院をモデルにしているから。馬琴は紀州・水戸家の母である養珠院に理想の母像を重ね、「八犬士」の母として伏姫を描こうとしたと思われます。

飯高寺の総門。境内に飯高壇林が建っている。

○○○○○○○○ 紀州家と里見氏の繋がり

『八犬伝』が徳川幕府打倒を暗示する物語であることはすでに述べました。長い執筆中には幕府に睨まれ、発売禁止に追い込まれそうになったとも言われ、そのとき発行に味方したのが紀州大納言だと言われています。どうして紀州大納言は味方したのでしょうか。

紀州徳川家の祖・頼宣《よりのぶ》（徳川家康の十男）の母・蔭山殿（お万の方・養珠院）は勝浦城主だった正木左近大夫頼忠《よりただ》の息女。正木氏は安房里見氏と姻戚関係にある家柄です。つまり頼宣の子孫・紀州大納言は、些少ながら里見氏の血を引いているということになります。

又徳川八代将軍吉宗は紀州家から江戸城入りした将軍ですので、将軍家も僅かながら里見の血筋に繋がっています。そしてもう一人、蔭山殿の息子・頼房《よりふさ》（家康の十一男、頼宣の弟）は水戸徳川家の祖。尾張・紀州・水戸は徳川御三家で、将軍家に跡継ぎのない場合は御三家から選ばれる格式にあります。その二家が蔭山殿の子ですから、蔭山殿がいかに家康に愛されたかがわかるでしょう。

頼宣は家康が60歳のとき生まれた十男で、加藤清正の娘と結婚し大坂冬の陣で初陣。家康にもっとも愛され、初め水戸を与えられますが、家康の死後遺言で家康が治めていた三河、遠州、駿河を継ぐはずのところ、兄の二代将軍秀忠に紀州との領地替えを命ぜられ、頼宣は快くこれを受けて紀州を治めました。（二木謙一著『徳川家康』ちくま新書を参照した）

蔭山殿は家康の死後、養珠院と名のります。

徳川将軍家と御三家・系図

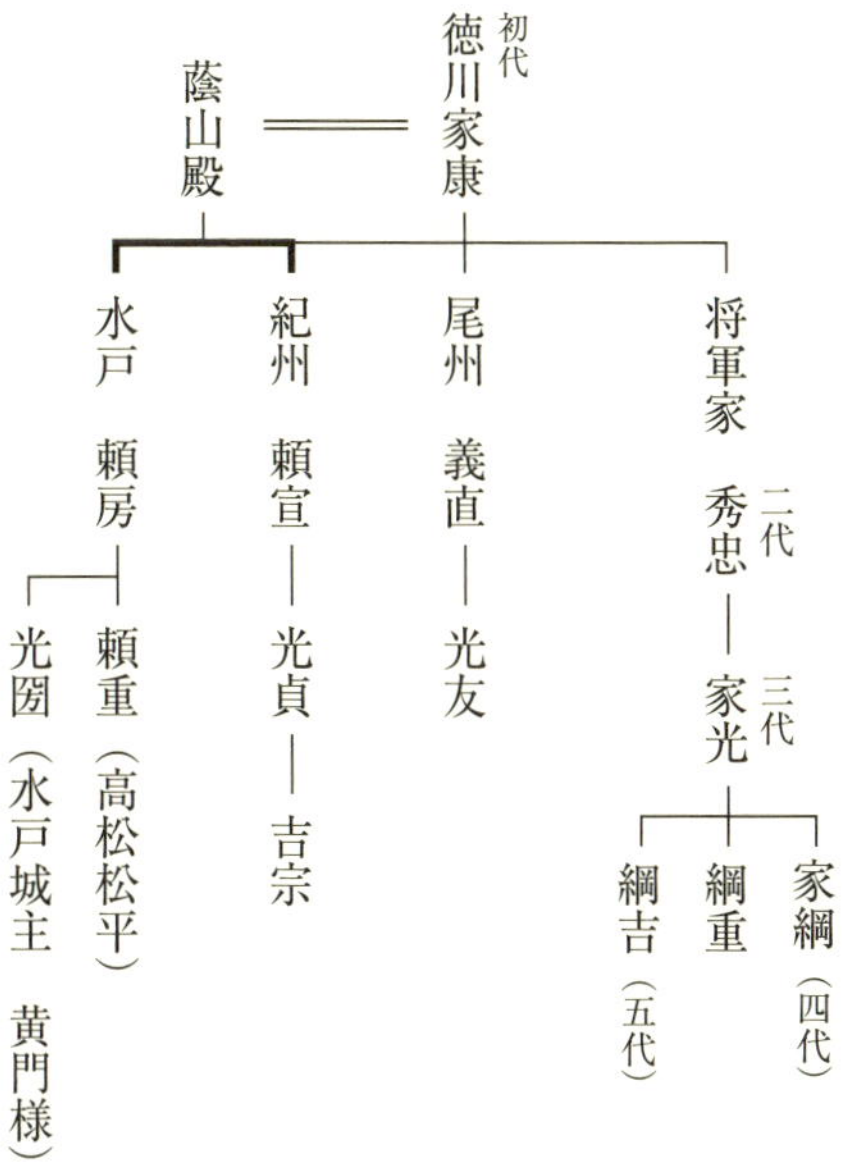

兄のあとを受け水戸家を継いだ水戸頼房の次男が、水戸家を継いだ光圀《みつくに》（黄門様）です。水戸光圀は蔭山殿の孫。

匝瑳市飯高にある飯高壇林《いいだかだんりん》は天正八年に日蓮宗の僧・日生によって妙福寺に開設された関東初の日蓮宗の壇林（学問所）。家康が江戸入りを果たした翌年の天正十九年（1591年）に家康より朱印地三十石を与えられ飯高寺《はんこうじ》と改称。慶長元年（1596年）に日尊が飯高壇林を開壇。慶安四年（1651年）に養珠院は講堂を寄進し、飯高壇林繁栄の基礎を作りました。

その後も頼房、頼宣の外護を受け、さらに水戸光圀は実際に飯高壇林を訪れ、佐原から寺までの街道を整備し道沿いに桜と松の木を植林（現在は消失）しています。

日蓮宗の最大・最高の学問所として他の壇林よりも格が高く、最盛期には六百～八百人の学僧が学んだと言われます（立正大学の前身）。光圀の植林した街道を多くの僧が胸を膨らまして通ったことでしょう。

「講堂・鐘楼・鼓楼・総門」は国指定重要文化財、境内は千葉県指定史跡。

水路を描く「芳流閣の戦い」

足利関東将軍・古河公方成氏の居城のあった「古河《こが》」（現・茨城県）は『八犬伝』では「許我《こが》」と書かれています。したがって古河公方は許我公方の表記になっています。

古河は現在でも茨城県、栃木県、群馬県、埼玉県との県境に位置する重要地点ですが、当時は渡良瀬川とともに、旧利根川が古河・栗橋近くから（度重なる氾濫のため川筋は安定せず）葛飾へと流れ、江戸湾に注ぐ水路を握る最重要地でした。とくに関宿は重要な川の分岐点で、古河公方の権力が室町幕府から派遣された伊豆の堀越公方を圧していた要因の一つに、古河公方が関宿を握っていた実情があります。

名刀・村雨丸を許我公方に献上し仕官しようと許我城に入った犬塚信乃が、すり替えられた偽刀であったため窮状に陥り、公方の家来・犬飼現八と屋根上で戦うのが「芳流閣の戦い」。多くの画家により描かれた手に汗握る名場面で『八犬伝』の話を終わりましょう。

〔…〔ヤッ。〕と被《か》けたる声と共に、眉間を望みて礮《はた》と打つ、十手を丁《ちょう》と受け留むる、信乃

館山城跡に建つ館山博物館分館。館山城は安房里見十代忠義の城として知られている。『八犬伝』の後の時代の城だが、『八犬伝』関係の多くの資料を展示している。

が刃は鍔際より、折れて遥かに飛び失せつ。見八得たり、と無手《むづ》と組むを、そが随左手《ままゆんで》に引き著《つ》けて、迭《かたみ》に利腕楚《しか》と拿《にぎ》り、捩じ倒さんと、曳声《えいごえ》合して、捼《もみ》つ捼まるるちから足、此彼斉一《ひとしく》踏み辷《すべ》らして、河辺のかたへ滾滾《ころころ》と、身を輾《ころばせ》し覆車《ふくしゃ》の米苞《たわら》、坂より落すに異ならず、高低険しき桟閣に、削り成したる甍《かわら》の勢ひ、止るべくもあらざめれど、迭に拿《と》ったる拳を緩めず、幾十尋なる屋の上より、末遥かなる河水の底には入らで、程もよし、水際に繋げる小舟の中へ、うち累《かさ》なりつつ撞《だう》と落つれば、傾く舷と、立つ浪に、ざんぶと音す水煙、ともづな丁と張り断りて、射る矢の如き早河の、真中へ吐き出されつ。爾《しか》も追風《おひで》と虚潮《ひくしお》に、誘う水なる洄舟《くだりふね》、往方もしらず

なりにけり。」（第三輯・巻之五）

磤《はた》、丁《ちょう》、無手《むづ》、楚《しか》、曳《えい》、滾滾《ころころ》などはみな擬音。心地よい擬音の響きは江戸文学の醍醐味です。舟は行徳へ流され古那屋に救われます。行徳は各地の産物が運ばれ賑わった所。『八犬伝』にたびたび描かれています。

古那は那古（館山）を逆に書いたもので、那古船形の名に残る安房の水路要所を意識したと思われます。

尚館山の館山城は『八犬伝』時代より後に建てられた城ですが、城跡に建つ博物館に『八犬伝』資料が多く展示されています。

＊許我は滸我と表記されている場面もある。

行徳の常夜灯「新河岸跡」

あとがき

『房総を描いた作家たち』シリーズも第六巻となりました。

一巻から五巻までは、近代から現代までの房総を訪れて描いた作家や詩人を追ってきましたが、本著は、いよいよ江戸時代後期の文豪・曲亭馬琴の『南総里見八犬伝』をとり上げました。馬琴は、残念ながら房総を訪れてはいませんが、『南総里見八犬伝』は、安房里見氏を中心に、房総の膨大な資料研究を駆使し、卓抜した想像力を加えて、文化十一年（１８１４年）四十八歳から書き起こし、天保十三年（１８４２年）七十五歳に完結するまで、二十八年間もの長きに渡って書き継がれ、空前の人気を博した読本ですので、「房総を描いた作家たち」の筆頭に馬琴を挙げるべきだと思いました。

しかしながら、なかなか書き出すことができずにいましたところ、房総の伝説を研究する機会に恵まれ、少しずつ勉強を重ねて、やっと着手することができました。本著は私の「南総里見八犬伝と房総」研究の総決算だと思っています。

『南総里見八犬伝』というと、怪奇悪霊が出現し、妖術が飛び交うなど奇想天外な物語で、空想・ＳＦ物語と思われがちですが、永享十二年（１４４０年）年に起きた結城合戦から書き起こされているこの読本は、意外にも、緻密な室町時代の関東地方の歴史に基づいた時代小説です。安房里見氏の歴史や安房に伝わる伝説、上総・下総に広がる数多くの逸話や寺の縁起、中国説話などで構成され、さらに徳川幕府批判まで加わって、話は複雑に進行していきますが、房総にちなんだ話がふんだんに盛り込まれていて、馬琴の博学強記に驚かされます。

本著は平成二十八年八月四日より平成三十年四月五日まで、千葉日報新聞に「房総の作家」として連載されたものをまとめました。刊行にあたり、訂正・加筆しました。一部表記を現代仮名遣い、現代字表記を用いた部分があります。

執筆にあたり、連載にご尽力下さいました千葉日報新聞文化部長・岡田正弘様、並びに『南総里見八犬伝』の口絵を使用させて頂きました岩波書店様に感謝申し上げます。出版には今回も暁印書館・早武康夫氏のご協力を頂きました。お礼を申し上げます。

中谷順子

平成三十年九月吉日

「南総里見八犬伝」　参考文献

「太平記」「三国志」「今昔物語」「里見代々記」「雨月物語」
「房総志料」（中村国香・著）「安房郡志」
「南総里見八犬伝」（一）〜（十）曲亭馬琴・著　岩波文庫
「人物叢書・滝沢馬琴」　麻生磯次・著　吉川弘文館
「八犬伝の世界」　高田　衛・著　中公新書
「南総里見八犬伝」　―作品鑑賞　水野　稔・著
「千葉県の史跡と伝説」　荒川法勝・編　暁印書館
「千葉県妖怪奇異史談」　荒川法勝・編　暁印書館
「千葉県ふるさとのむかし話」　荒川法勝・編　暁印書館
「千葉県歴史の人物」　荒川法勝・編　暁印書館
「徳川家康」　神坂次郎・著　成美堂出版
「徳川家康」　二木謙二・著　ちくま書房
「東金御成街道を探る」　本保弘文・著　暁印書館
「房総の秘められた話　奇々怪々な話」大衆文学研究会千葉支部　編・著　崙書房
「奇談の伝承」　―説話の世界　志村有弘・著　明治書院
「國文学」馬琴と南北（昭和六十一年二月号）　學燈舎
「國文学・解釈と鑑賞」江戸の文学（昭和三十一年二月号）至文堂
「新潮古典文学アルバム23・滝沢馬琴」　新潮社
「新潮古典文学アルバム14・太平記」　新潮社　など

中谷順子■略歴

1948年生まれ。

日本文藝家協会、日本ペンクラブ、日本現代詩人会、会員。

千葉県詩人クラブ元会長。「覇気」主宰。「撃竹」同人。

千葉県生涯大学校講師。

平成18年千葉県文化功労賞（知事賞）受賞。千葉市在住。

千葉日報新聞「日報詩壇」選者。船橋市文学賞「詩部門」選者。

著書　詩集『八葉の鏡』『白熱』『破れ旗』『冬の日差し』

評論『現代詩十人の詩人』『夢の海図』『続・夢の海図』

郷土文学史『房総を描いた作家たち』五巻　共著『千葉県史跡と伝説』『千葉県妖怪奇異史談』『銚子と文学』など。

房総を描いた作家たち⑥

平成30年10月17日　初版発行

著　者　中谷順子
発行者　早武康夫
発行所　暁印書館
〒185-0021　東京都国分寺市南町3-26-8
電 話　042-312-4103
FAX　042-312-4107

検印廃止・落丁乱丁本はお取替えいたします。
ISBN 978-4-87015-178-9　C 0095